Chère lectrice,

Novembre apporte la grisaille, annonce l'arrivée de l'hiver, et vous faites la grimace? Positivez! C'est l'occasion de vous cocooner, de vous rouler en boule dans un fauteuil confortable et de plonger dans la pochette surprise Rouge Passion de ce mois. Naturellement, vous aurez rendez-vous avec le suspense (*Association risquée*, 1022) et la séduction au masculin (*Le prince des menteurs*, Homme du mois, 1024) et je vous garantis beaucoup de plaisir. Invitation vous est aussi lancée d'assister au *Mariage pour une rebelle* (1021) — si la principale intéressée ne fait pas faux bond! — et au match très enlevé qui opposera *Poigne de fer contre gant de velours* (1025). Ce programme de charme et de passion se terminera par *Le clin d'œil du destin* (1023) et la suavité scandaleuse du *Poison du passé* (1026).

Bonne lecture

La responsable de collection

Association risquée

LINDSAY McKENNA

Association risquée

HARLEQUIN

COLLECTION ROUGE PASSION

Cet ouvrage a été publié en langue anglaise
sous le titre :
THE UNTAMED HUNTER

Traduction française de
FRANÇOISE DORIS

HARLEQUIN ®
est une marque déposée du Groupe Harlequin
et Rouge Passion ® est une marque déposée d'Harlequin S.A.

Originally published by SILHOUETTE BOOKS,
division of Harlequin Enterprises Ltd.
Toronto, Canada

© 1999, Lindsay McKenna. © 2000, Traduction française . Harlequin S.A.
83-85, boulevard Vincent-Auriol, 75013 Paris — Tél. . 01 42 16 63 63
Service Lectrices — Tél . 01 45 82 47 47
ISBN 2-280-11788-6 — ISSN 0993-443X

1.

— Tu risques ta vie dans cette mission, Maggie. Cela n'a rien d'une partie de plaisir, crois-moi.

Le Dr Casey Morrow-Hunter fixa son interlocutrice d'un regard pénétrant, comme pour mieux la convaincre du danger qui l'attendait. Assise en face d'elle, dans ce vaste bureau du Département des Maladies Infectieuses, le Dr Maggie Harper, virologue de réputation internationale, arqua imperceptiblement ses sourcils délicats.

— Je risque ma vie chaque jour. Cela n'a rien de nouveau, répondit-elle en haussant les épaules. Connais-tu une seule chose qui ne soit pas dangereuse, dans notre profession, Casey ?

— Touché, murmura celle-ci, tapotant du bout de son stylo le dossier top secret ouvert devant elle, tout en examinant celle qui lui faisait face.

Les cheveux roux de Maggie, presque toujours relevés en chignon quand elle travaillait dans son laboratoire, flottaient aujourd'hui sur ses épaules minces et rondes. Casey l'avait entraînée dans son bureau avant qu'elle n'ait eu le temps de revêtir sa tenue de travail.

Maggie retira le sachet de thé de sa tasse et le posa sur la soucoupe en équilibre sur ses genoux.

— Alors, dit-elle avec un regard entendu, quelle petite mission spéciale m'as-tu concoctée, cette fois ? Tu sais, je commençais à m'ennuyer sérieusement. Il doit s'agir d'un travail sur le terrain... En Afrique, peut-être ?

Casey sourit à sa collaboratrice et amie de longue date. Maggie ne mesurait qu'un mètre soixante, mais son corps mince et ferme était celui d'une athlète. Elle montait un pur-sang et participait à des concours hippiques lorsque son travail ne l'accaparait pas durant le week-end. Les sauts d'obstacles ne l'effrayaient pas, bien qu'elle risquât à tout moment de se rompre le cou. Combien de fois Casey l'avait-elle vue arriver en boitillant le lundi matin, après une chute lors d'une compétition ! En cet instant, à la perspective d'une nouvelle mission, les yeux de Maggie pétillaient d'animation. Elle aimait vivre dangereusement.

Comme si cela ne suffisait pas, Maggie faisait partie de l'équipe des tireurs d'élite du Département, et elle en était même le capitaine, car elle était extrêmement habile dans le maniement des armes. C'était d'ailleurs pour cette raison que Casey l'avait choisie pour cette tâche périlleuse. Maggie avait du goût pour la compétition et l'aventure ; elle gardait son sang-froid en toutes circonstances, et ne laissait pas ses émotions interférer avec son devoir.

Montrant le dossier, Casey reprit :

— Je m'en serais bien chargée moi-même, mais, comme tu le sais, mon dernier test de grossesse s'est révélé positif.

— Oui, je sais, et j'en suis ravie pour toi et pour Reid. J'imagine qu'il doit flotter sur un petit nuage ?

— Oui, mais il s'inquiète à cause de l'environnement dans lequel je travaille, et me répète sans arrêt que je dois prendre plus de précautions que jamais... Bref, il est comme tous les futurs papas — complètement paniqué.

— C'est pour cela que tu ne travailles plus dans la zone à risques, dit Maggie en hochant la tête.

C'était ainsi que l'on désignait les laboratoires où l'on manipulait des virus et des bactéries parfois inconnus et souvent mortels.

— Tu as un mari merveilleux — mais je crois que tu en es consciente.

— Oui. Mais lui aussi est conscient d'avoir une épouse merveilleuse.

— Quand on éprouve une telle estime l'un pour l'autre, le mariage a toutes les chances de durer, poursuivit Maggie en souriant.

— Oui, rien à voir avec tous ces couples qui se défont au bout de deux ans, comme j'en vois tant autour de moi...

— Le problème, c'est que les gens se marient trop jeunes, sans prendre le temps de connaître leur partenaire — ni de se connaître eux-mêmes, déclara Maggie. J'ai failli commettre cette erreur, quand j'étais encore à l'université, ajouta-t-elle avec une grimace. Cela m'a servi de leçon, tu peux me croire. Je préfère rester célibataire plutôt que de répéter cette expérience.

Casey hocha la tête. Elle savait que Maggie avait songé au mariage à deux reprises, au cours des sept dernières années. Mais ces deux idylles avaient fait long feu, car, chaque fois, l'homme avait voulu dominer Maggie, laquelle ne l'avait pas toléré. Pour elle, le mariage devait être un partenariat, où chacun était

9

l'égal de l'autre. Aucun homme ne lui dicterait sa conduite... Mais Casey ne désespérait pas que son amie finît par rencontrer un jour celui qui saurait l'apprécier à sa juste valeur.

— Alors, en quoi consiste cette mission, exactement ? s'enquit Maggie.

— Elle est vraiment dangereuse, répéta Casey d'un ton insistant. Rien à voir avec le saut d'obstacles, crois-moi.

— Mais encore ? dit Maggie en se penchant en avant, les yeux brillants.

— Bon, voilà le topo, répondit Casey en ouvrant le dossier. J'ai reçu un appel de Persée, l'autre jour. C'est une agence gouvernementale ultra-secrète, qui œuvre dans les coulisses des services officiels de sécurité. Morgan Trayhern, le directeur de Persée, m'a demandé de lui envoyer un volontaire parce qu'il existe actuellement aux Etats-Unis un groupe de bioterroristes extrêmement actif. Les agents de Morgan ont capturé un de leurs chefs, un chercheur en possession de clones de bactéries d'anthrax. Il leur a dit que les terroristes essayaient de s'en procurer d'autres, puisque Persée avait saisi tout leur stock.

— Oui, nous l'avons ici, au laboratoire. La seule souche connue dans le pays.

— Exact, et c'est pourquoi les projecteurs sont maintenant braqués sur le Département... Tu as déjà entendu parler d'Aube Noire, n'est-ce pas ?

— En effet, dit Maggie en posant tasse et soucoupe sur le bureau de Casey. Ne me dis pas qu'ils sont impliqués là-dedans ?

— Jusqu'au cou, murmura Casey d'un air sombre. En matière de terrorisme biologique, ils représentent aujourd'hui la plus grande menace au monde.

— Et que venons-nous faire dans cette équation ? s'enquit Maggie en se levant, les mains dans ses poches.

— Nous y remplissons une fonction extrêmement intéressante, crois-moi. Morgan va leur tendre un piège — ou plutôt, plusieurs pièges — afin de démasquer les membres d'Aube Noire dans tout le pays. Ce plan a reçu mon approbation. Ce dont Morgan a besoin, c'est d'un appât pour les débusquer.

— Hmm, fascinant, murmura Maggie en se dirigeant vers la fenêtre.

A travers les lamelles du store, elle contempla les longues pelouses en pente douce et les énormes chênes. La vue de ces arbres, emblème de son Sud natal, lui procurait toujours un sentiment de réconfort.

— Eh bien, voyons si tu persistes dans cette opinion quand tu en sauras un peu plus, dit Casey en tournant une nouvelle page du dossier. Voici le plan. Morgan veut amener Aube Noire à se découvrir. Le seul moyen d'y parvenir, c'est de monter un traquenard. Nous savons qu'ils n'ont plus d'anthrax génétiquement modifié en leur possession, depuis que le FBI a saisi le stock sur l'île de Kauai. Morgan a découvert qu'Aube Noire avait placé certaines lignes sur écoute ; nous allons donc nous arranger pour leur faire savoir que le DMI expédie une éprouvette contenant les bactéries à la base militaire de Virginie. C'est là que tu entres en scène, Maggie — c'est toi qui te chargeras du transport.

— Et Aube Noire m'attaquera pour s'emparer de l'éprouvette, c'est ça ?

— C'est ce que nous espérons.

Ouvrant les mains, Casey ajouta :

— Bien sûr, tu seras parfaitement protégée. Ne t'imagine pas que nous allons te jeter aux terroristes comme on jette un os à un chien.

Avec un petit rire, Maggie revint se rasseoir en face d'elle.

— Loin de moi cette idée. Alors, on a besoin de mes talents de tireuse parce que les membres d'Aube Noire ne sont pas des plaisantins, c'est ça ?

— Oui, reconnut Casey, piteusement. J'ai essayé de persuader Morgan d'envoyer une femme des services de police, ou de l'armée, mais il pense que les terroristes flaireraient le piège si le transfert n'était pas assuré par l'un de nos virologues, comme le veut la procédure réglementaire...

Elle tapota nerveusement le dossier, avant de poursuivre :

— Le risque est énorme, Maggie. Ce plan ne me plaît pas. Je n'aime pas l'idée de te mettre en danger. Le FBI a promis de coopérer pleinement avec Persée sur cette mission. Tu seras placée sous protection, mais ce n'est pas une garantie. J'ai fait part à Morgan de mon inquiétude à ton sujet. Ils ne peuvent pas te demander de te rendre là-bas toute seule. Il est tombé d'accord avec moi, et tu seras donc escortée par son plus valeureux agent.

— Ah, s'exclama Maggie en riant. Au moins, j'aurai de la compagnie durant le voyage !

— Tu as toujours eu le sens de l'humour, murmura Casey. Alors, qu'en penses-tu ?

— Je suis partante. Franchement, j'aimerais contribuer à neutraliser ces terroristes. Donc, si je peux être utile, je me porte volontaire. Et puis, je suis sûre que le FBI ne nous quittera pas d'une semelle...

— Ils ne pourront pas te protéger de façon très rapprochée, pour ne pas alerter Aube Noire. Il va falloir jouer serré, Maggie. Ils pourront frapper à tout moment, dans ta chambre d'hôtel, ou sur l'autoroute. Il faudra te montrer vigilante vingt-quatre heures sur vingt-quatre.

— Du moment que tu me donnes un gilet pare-balles — bien que je déteste ces trucs-là, ils sont tellement inconfortables ! — et un Beretta, je suis d'accord.

Posant sur elle un regard scrutateur, Casey demanda :

— Tu en es sûre ? Tu acceptes cette mission ?

— Pourquoi pas ? J'aime à penser que ma vie sert à quelque chose, et si je puis contribuer à éliminer des individus dangereux, j'aurai l'impression d'avoir rendu service à l'humanité.

— Tu as beaucoup de cœur, Maggie. Mais je ne sais pas si tu as la même qualité de sens logique, répliqua Casey en se massant pensivement le front.

Tendant le bras par-dessus le bureau, Maggie agita un doigt dans sa direction.

— Ecoute, espèce de mère poule. Je m'en sortirai très bien ! Je fais partie des tireurs d'élite du DMI, l'oublies-tu ? Notre équipe s'est classée troisième au championnat national. Nous concourrons aux prochains jeux Olympiques, et je compte bien y assister. Je rêve de décrocher la médaille d'or !

— Tu as l'âme d'une adolescente, dans un corps de femme de trente-six ans, dit Casey en secouant la tête.

— C'est vrai, approuva Maggie en riant. Je ne suis qu'une grande gamine. Mais je sais ce que je fais, Casey. Et je suis plutôt bonne, dans ma partie. Je suis la candidate idéale pour cette mission, et tu en as conscience, sinon tu ne me l'aurais pas proposée...

Haussant les épaules, elle ajouta :

— De plus, je suis célibataire et sans enfants. Je suis toute désignée pour accomplir cette tâche.

— Tu as raison, reconnut Casey en feuilletant le dossier. Morgan espérait bien que tu accepterais. Aube Noire sait parfaitement qui sont nos meilleurs virologues, et tu es le numéro trois du département. S'ils apprennent que c'est toi qui es chargée du transfert, ils mettront tout en œuvre pour s'emparer de toi et de l'éprouvette. Dans l'esprit de Morgan, cela ne fait aucun doute.

— Enfin des gens qui sont impressionnés par mes références ! plaisanta Maggie.

Et Casey, à contrecœur, joignit son rire au sien.

Maggie était sortie de Harvard à la tête de sa promotion. Elle avait apporté au DMI des millions de dollars de subventions, quand elle avait décidé d'y travailler. Dans le monde de la virologie, elle avait acquis une renommée internationale pour ses compétences et était considérée comme une pionnière pour ses recherches sur le terrain.

— Bien. Puisque tu acceptes cette mission, reprit Casey en lui tendant une photo, voici celui qui te servira d'escorte. C'est l'un des meilleurs agents de Persée. Un spécialiste de l'infiltration et des missions secrètes.

Maggie prit la photo, souriant toujours. Puis elle étouffa une exclamation, et laissa tomber le cliché comme si elle s'était brûlée.

— Qu'y a-t-il ? s'enquit Casey, la voyant blêmir.

Se levant aussitôt, elle contourna son bureau et ramassa la photo. En se redressant, elle vit des larmes dans les yeux de son amie ; mais elles se tarirent rapidement, et ce fut alors la colère qui apparut.

— Que se passe-t-il, Maggie? répéta Casey en brandissant la photo.

— Oh, Seigneur! dit la jeune femme d'une voix sourde, en reculant d'un pas. Tu ne parles pas sérieusement, n'est-ce pas? Sais-tu de qui il s'agit? ajouta-t-elle en pointant le doigt vers la photo. En as-tu la moindre idée?

Sidérée, Casey contempla le portrait.

— Ma foi, oui... C'est Shep Hunter, le frère aîné de Reid.

Un son étranglé jaillit de la gorge de Maggie. Elle alla se camper devant la fenêtre et, enfonçant les poings dans ses poches, murmura d'un ton exaspéré :

— Ote la photo de ce salaud de ma vue, Casey. Je ne veux rien avoir à faire avec lui!

Casey fut ébranlée par le tremblement dans sa voix, par sa souffrance manifeste. Elle regarda une nouvelle fois la photo, puis examina le profil tendu de Maggie. Les lèvres pleines de son amie ne formaient plus qu'une ligne mince, et le chagrin était inscrit sur chacun de ses traits.

— Maggie, je suis désolée. Je ne voulais pas te bouleverser. Je sais que tu m'as dit avoir connu Shep, il y a longtemps... Mais je présume que tu ne m'as pas *tout* dit.

Maggie se retourna et posa sur elle un regard froid. La tension dans l'atmosphère était presque palpable.

— En effet.

Lisant la stupeur et l'inquiétude sur le visage de Casey, elle comprit que son amie disait la vérité, et qu'elle n'avait pas la moindre idée du choc qu'elle venait de lui infliger.

— J'ai connu Shep il y a bien longtemps, poursuivit-elle dans un murmure. A Harvard. Il préparait un diplôme d'ingénieur. En même temps, il suivait une préparation militaire, qui l'a conduit par la suite à entrer dans l'armée de l'air comme pilote.

Elle agita une main en un geste irrité.

— Mais ça, c'était *après*. Après une relation qui a duré l'espace de ma première année d'université.

— Oooh, marmonna Casey, qui commençait à comprendre. Ainsi, vous avez eu une aventure, tous les deux ?

— C'était bien davantage que cela, Casey. Nous étions comme chat et chien. Il voulait me dominer, et je résistais pied à pied. Nous étions aussi indépendants et aussi entêtés l'un que l'autre. Il était toujours persuadé d'avoir raison en tout et ne voulait pas tenir compte de mes opinions. Nous nous disputions sans arrêt. Bien sûr, nos réconciliations étaient aussi passionnées que nos querelles...

Elle soupira, et la colère dans sa voix s'atténua quelque peu.

— Je n'avais jamais connu pareille passion avant lui — et je n'en ai pas connu depuis. Il était tout ce que j'avais toujours rêvé de trouver chez un homme, mais il me traitait comme une idiote dépourvue de cervelle. Il n'aurait jamais admis que mes idées valaient les siennes — encore moins qu'elles leur étaient supérieures. Bien entendu, poursuivit-elle d'une voix rageuse, la plupart du temps, mes idées étaient effectivement meilleures que les siennes. Mais son foutu orgueil l'empêchait de l'avouer. De plus, il était du genre taciturne...

— Oh, encore un de ces hommes de Neandertal, n'est-ce pas ? dit Casey. Je dois reconnaître que

16

l'orgueil est le prinicpal défaut des mâles de cette famille.

— Il était tellement arrogant, reprit Maggie d'une voix âpre. Tellement imbu de lui-même... il se croyait toujours plus malin que tout le monde. Peut-être l'était-il effectivement, parmi les étudiants de son département. Mais même avec moi, il ne se départait pas de son égotisme. Il n'arrivait jamais à se détendre, à se conduire comme un être humain ordinaire, qui a parfois besoin de quelqu'un d'autre.

Casey la rejoignit, après avoir rangé la photo dans le dossier.

— Et vous avez rompu parce qu'il n'arrivait pas à être vraiment proche de toi ? C'est cela ?

Maggie acquiesça tristement.

— Oui. Qu'il aille au diable ! poursuivit-elle en s'essuyant les yeux. Tu te rends compte, après toutes ces années, je suis assez stupide pour éprouver encore quelque chose pour lui ! Mon *cœur* est stupide. Heureusement, ma tête sait à quoi s'en tenir, à présent.

Elle pinça les lèvres.

— Si seulement il avait pu dire, rien qu'une fois, « j'ai besoin de toi », j'aurais bondi de joie, Case. Mais il ne l'a jamais fait.

— Et toi, avais-tu besoin de lui ?

— Bien sûr, répondit Maggie d'un ton amer. Et ça lui plaisait. Il aimait se sentir indispensable au sexe faible. Sexe faible, mon œil ! J'étais son égale. Et il le savait, mais il n'a jamais voulu le reconnaître. Il m'a traitée comme une demeurée.

— Oui, les Neandertaliens ont tendance à se conduire ainsi, murmura Casey.

Son amie arqua un sourcil.

— Tu es bien placée pour le savoir. Tu en as épousé un. Mais j'ai du mal à croire que Reid se comporte comme Shep. Tu ne l'aurais pas épousé, si c'était le cas.

— Tu as raison, dit Casey en riant. Je l'aurais envoyé sur les roses !

— Peut-être Reid est-il différent parce qu'il est le plus jeune des quatre frères, reprit Maggie d'un ton blessé. J'ai connu beaucoup d'hommes au cours de ma vie, mais Shep Hunter mérite le titre de champion des Neandertaliens, tu peux me croire.

— Je l'ai rencontré, dit Casey lentement, il y a six mois environ. Il revenait d'une mission effectuée pour le compte de Persée, et il est passé nous voir à Atlanta.

— Il n'a pas changé d'un *iota*, n'est-ce pas ?

Percevant la douleur dans sa voix, Casey répondit, avec un haussement d'épaules :

— Il a essayé de se montrer amical envers moi. Mais il était visible que cela lui demandait un effort prodigieux.

— Peut-être la vie l'a-t-elle fait un peu évoluer, après tout, dit Maggie. La maturité vient avec l'âge, non ?

Casey la regarda, ne sachant que faire.

— Maggie, si tu acceptes cette mission, tu dois également accepter Shep. C'est une condition *sine qua non*. Tout est déjà arrangé. Morgan est persuadé que Shep est le plus à même de garantir ta survie.

Maggie croisa les bras sur sa poitrine.

— Oui, c'est ce pour quoi il est le plus doué, dit-elle d'une voix amère. La survie. Il ne laisse personne s'immiscer dans son cœur, c'est sûr. Il préférera fuir une femme qui l'aime vraiment. C'est un lâche, Casey. Oui, un lâche...

18

— Les hommes incapables d'amour sont des hommes qui ont peur, acquiesça Casey. Il faut du courage pour partager ses sentiments avec un autre.

— Les femmes le font sans aucun mal. Ne me dis pas que les hommes ne le peuvent pas ; simplement, ils ne le veulent pas. Et ça fait une énorme différence. Ils sont faits comme nous. Ils ont un cœur, eux aussi.

Un son étranglé s'échappa de nouveau de sa gorge, et elle se détourna.

— Mieux vaut ne pas me lancer sur ce thème. C'était un sujet de disputes quotidiennes, entre Shep et moi. Je m'étonne d'ailleurs que cela ait pu durer une année entière, avant que nous décidions, d'un commun accord, de nous séparer.

— Tu es partie parce que cela te détruisait, dit Casey. Shep est parti parce qu'il ne pouvait pas répondre à ton attente, t'ouvrir son cœur comme tu le lui demandais.

— Tu aurais dû te faire psy, Case. Oui, c'est tout à fait ça.

— Eh bien, murmura Casey, avec un regard en direction de son bureau et du dossier, qu'allons-nous faire ? Il m'est impossible de te faire attribuer un autre chien de garde.

— Je ne veux pas de lui dans cette mission, Case. N'importe qui mais pas lui. Je t'en prie...

Casey fixa les traits angoissés de son amie, en souhaitant qu'il ne fût pas trop tard pour accéder à sa requête...

— Eh bien, Shep, qu'en pensez-vous ? s'enquit Morgan d'un air tendu.

Les réactions de Shep Hunter étaient souvent imprévisibles. Plus que tous les autres membres de son organisation, Shep était un solitaire. Morgan en connaissait la raison, et comprenait pourquoi il exigeait des missions en solo. Il étudia l'homme qui se tenait devant lui, dans son bureau du QG de Persée caché au cœur des montagnes Rocheuses, dans le Montana. Ce géant d'un mètre quatre-vingt-quinze, ex-pilote de l'armée de l'air, était l'un de ses meilleurs agents. Agé de trente-huit ans, il était doté d'une robustesse et d'une musculature impressionnantes ; même vêtu d'un jean et d'une chemise en denim, comme en ce moment, il avait l'air dangereux. Peut-être étaient-ce son visage carré et sa mâchoire saillante qui lui conféraient cette expression dure, intraitable, se dit Morgan. Avec ses cheveux aile de corbeau et ses épais sourcils noirs mettant en valeur ses yeux bleu glacier, Shep Hunter évoquait un aigle majestueux prêt à fondre sur sa proie...

— Hmm, fit Shep en s'asseyant face à Morgan, tout en parcourant le descriptif de la mission. Le Département des Maladies Infectieuses, hein ?

— Lisez jusqu'au bout, conseilla le chef de Persée.

Il s'attendait à voir Shep rejeter la mission dès qu'il serait arrivé à la deuxième page, où était indiquée l'identité du virologue qu'il devrait escorter. Chaque fois que Morgan avait essayé de lui adjoindre un partenaire, Shep avait refusé avec véhémence. Ils avaient parfois eu de bruyantes querelles à ce sujet, dans cette même pièce. Et Morgan savait que Shep préférerait démissionner plutôt que de céder. Non, depuis que Sarah était morte lors de cette mission fatale qu'ils avaient accomplie ensemble, Shep s'était fermé, et ne voulait plus entendre parler de missions à deux.

Pourtant, tandis que Shep prenait connaissance du dossier, Morgan s'efforçait de réunir des arguments pour démontrer que la présence du virologue qui servirait d'appât était indispensable. Et il espérait que Shep accepterait, car nul n'était mieux placé que lui pour mener à bien cette mission.

— Bon sang ! s'exclama soudain Shep Hunter.

Morgan se pencha en avant, et vit la surprise se peindre sur les traits d'ordinaire impassibles de son agent.

— Qu'y a-t-il ? s'enquit-il d'une voix hésitante.

— Bon sang ! répéta Shep. Je ne peux pas le croire !

Brandissant le dossier, il pointa le doigt vers la photo.

— C'est elle, la femme que je suis censé protéger ? Le Dr Maggie Harper ? Vous en êtes sûr ?

— Oui. Pourquoi ? Y a-t-il un problème ? demanda Morgan, intrigué par cette réaction inattendue.

Secouant la tête, Shep Hunter se leva et jeta le dossier sur le bureau. Puis, les mains sur les hanches, il se mit à arpenter la vaste pièce insonorisée.

— Le diable m'emporte, Morgan. La vie est décidément pleine de surprises...

Morgan regarda la photo de la scientifique. Il ne comprenait pas la réaction de Shep ; jamais il ne l'avait vu se comporter ainsi. Et il ne savait pas comment l'interpréter. D'habitude, dès qu'il était question d'un partenaire, Shep lui jetait le dossier à la tête en lui disant d'aller se faire voir. Cette fois, son visage semblait s'être radouci, et Morgan crut même déceler comme une lueur, un semblant de chaleur dans les yeux bleu glacier. Plus incroyable encore, les coins de sa bouche se relevaient en une esquisse de sourire.

Médusé, Morgan s'exclama :

— Voudriez-vous m'expliquer ce qui se passe, Hunter ?

Shep se tourna vers son patron et lui lança un regard indécis. Malgré son attitude désinvolte, il était en proie à une violente agitation. Son cœur battait à grands coups dans sa poitrine, et il sentait le bonheur s'insinuer dans chaque fibre de son être. Un sentiment peu habituel, mais agréable. Il avait l'impression de mieux respirer, tout à coup, comme s'il revenait à lui après un long, long sommeil. Depuis combien de temps n'avait-il plus rien ressenti ? Depuis combien de temps ne savait-il plus ce qu'était le bonheur ? Oh, il s'était senti heureux pour son jeune frère, Reid, quand il avait enfin fait la connaissance de Casey Morrow. Et il était ravi que Ty et Dev eussent eux aussi trouvé la femme de leur vie. Oui, tous les membres de la famille étaient mariés, à présent — sauf lui. Et chaque fois qu'il avait été témoin du bonheur de ses frères, il n'avait pu s'empêcher de ressentir aussi une certaine tristesse. Parce qu'il savait qu'aucune femme ne voudrait jamais de lui. Il n'était qu'un salaud qui ne donnait rien de lui, qui refusait de s'engager. Mais après ce qui lui était arrivé, comment l'aurait-il pu ?

C'était la vie. Et la vie avait été cruelle envers lui. Après Sarah... Il imposa brusquement silence à ses pensées, car le chagrin s'était soudain mêlé à la joie qui l'inondait.

— C'est bien Maggie Harper ? demanda-t-il. Diplômée de la faculté de médecine de Harvard, c'est ça ?

De plus en plus perplexe, Morgan feuilleta rapidement le dossier pour retrouver la page mentionnant ces renseignements.

— Oui, Harvard...

Relevant la tête, il fixa Hunter en plissant les yeux.

— Que vous arrive-t-il, Shep ? Dites-moi tout. D'habitude, vous vous mettez en rogne dès qu'il est question d'un partenaire. Cette fois, vous arborez l'air satisfait d'un raton-laveur qui vient d'attraper une écrevisse...

Shep eut un large sourire.

— Maggie Harper a été ma petite amie. Nous nous sommes rencontrés à Harvard, durant notre première année d'études. Quelle peste c'était ! Mais elle avait assez de cran pour me tenir tête...

— Je vois..., murmura Morgan d'un air hésitant.

— J'accepte la mission, Morgan, déclara Shep en se campant devant le bureau d'un air décidé.

Ahuri, son patron le contempla. Et lut dans les yeux de Shep quelque chose qu'il n'y avait encore jamais vu : du bonheur. Et de l'espoir. Reportant son regard sur la photo de Maggie Harper, il bredouilla :

— Est-ce que... Je veux dire, avez-vous revu le Dr Harper depuis...

— Non. Cela fait près de vingt ans que je ne l'ai pas vue, répondit Shep avec un petit rire. Je crois que cette mission va me plaire, Morgan. Je lis ici qu'elle fait partie d'une équipe de tireurs d'élite... Elle n'a pas changé du tout. Elle participait à des tas de trucs périlleux bien avant d'entrer à Harvard. Et on dirait qu'elle continue à prendre des risques...

— Eh bien, dit Morgan, abasourdi par le comportement de Shep, j'en déduis que vous acceptez cette mission, alors...

— Je brûle d'impatience, même ! J'ai hâte de revoir cette amazone, répondit Shep. Parce que je me demande comment se passeront ces retrouvailles...

2.

Maggie massa vigoureusement ses longs doigts, qui étaient glacés, comme toutes les fois où elle se laissait gagner par la nervosité. Casey lui avait dit que Shep Hunter arriverait à 9 heures. Après s'être entretenue avec lui, Casey ferait venir Maggie dans son bureau pour lui donner les ultimes consignes.

Pourquoi, mais pourquoi diable avait-elle accepté cette fichue mission ? Dans son anxiété, Maggie se mit à arpenter la pièce rectangulaire qui lui servait de bureau, les mains enfoncées dans les poches de sa blouse. Dehors, il faisait un temps radieux : que n'aurait-elle pas donné pour chevaucher son pur-sang, galoper à travers la campagne verdoyante ! Le ciel était d'un bleu si vif qu'elle cligna des yeux en le regardant à travers les lamelles du store. Puis ses pensées se tournèrent de nouveau vers Shep. Quelle relation passionnée avait été la leur ! Ils étaient aussi entêtés l'un que l'autre, chacun étant persuadé d'avoir raison et refusant de faire la moindre concession...

Maggie passa une main dans ses cheveux dénoués ; elle ne les avait pas relevés en chignon aujourd'hui, puisqu'elle ne travaillerait pas dans le laboratoire. La journée serait consacrée à la mise au point du moindre détail de l'entreprise dangereuse dans laquelle elle allait se lancer. Elle avait accepté cette mission parce qu'elle était consciente du péril que représentaient ces bactéries d'anthrax aux mains de terroristes prêts à tout. Il eût été déplacé, et même grotesque, de refuser sous prétexte que son partenaire était un ancien petit ami ! A vrai dire, Shep avait été bien davantage que cela. A l'époque, Maggie était désespérément amoureuse de lui. Il était le joueur vedette de l'équipe de football de l'université, en même temps que l'un de ses plus brillants étudiants. Il était d'une intelligence remarquable, possédait un sens aigu de la compétition — et l'avait aimée, elle, avec une passion que Maggie n'avait jamais retrouvée depuis.

— Qu'as-tu fait, Maggie ? soupira-t-elle tout en parcourant du regard son bureau, qui semblait avoir été dévasté par une tornade. Fébrilement, elle ramassa quelques papiers et tenta de se concentrer sur leur lecture.

Quand le téléphone sonna, elle tressaillit violemment ; les papiers lui échappèrent des mains et tombèrent sur le sol carrelé.

Son cœur se mit à battre à grands coups. Le moment était venu. A contrecœur, elle tendit la main vers le combiné.

— Maggie ? dit Casey.

— Oui.

— C'est l'heure. Viens dans mon bureau. Nous allons tenir un dernier briefing avant le départ.

Fermant les yeux, Maggie murmura :

— Entendu. J'arrive...

Reposant le combiné sur son socle, elle tenta de

contrôler sa respiration. Il y avait si longtemps qu'elle n'avait pas vu Shep... Avait-il changé ? La vie l'avait-elle un peu adouci ? Etait-il plus enclin à écouter les autres, maintenant ? Ou était-il toujours aussi arrogant et imbu de lui-même ? Un frisson la parcourut, et elle fut prise de panique. Machinalement, elle porta une main à ses cheveux et se regarda dans le miroir accroché au mur. Ses yeux paraissaient immenses — comme ceux d'un lapin face à un loup affamé... Mécontente, elle se morigéna intérieurement. Elle se comportait comme l'étudiante inexpérimentée qu'elle était lors de sa première rencontre avec Shep. A l'époque, déjà, il semblait tenir le monde dans sa main : toujours calme, sûr de lui, inébranlable... Elle avait constamment l'impression d'être une idiote, comparée à lui. Et en ce moment même, dans le couloir qui menait au bureau de Casey, elle se sentait échevelée, désemparée et terrifiée.

Elle s'admonesta sévèrement et ralentit le pas, s'efforçant de répondre avec désinvolture aux salutations des collègues qu'elle croisait. Il y avait ici bon nombre des meilleurs cerveaux du pays, songea-t-elle, réconfortée par la vue de ces visages familiers. Et tous unis dans un même combat — protéger la population contre les bactéries et virus meurtriers...

Shep était un virus, décida-t-elle dans un soudain accès de gaieté. Un virus qui l'avait infectée, et contre lequel elle n'était pas encore immunisée. C'est pourquoi elle se sentait si vulnérable en cet instant. Mais dix-huit ans ne constituaient-ils pas en eux-mêmes une forme d'immunité ? Le temps était censé guérir tous les maux, après tout...

Quand elle posa la main sur la poignée de la porte

du bureau de Casey, son cœur fit un bond dans sa poitrine. La bouche sèche, elle inspira profondément, puis entra.

Shep eut du mal à dissimuler sa surprise : la femme qui s'avançait vers eux d'un pas résolu était encore plus belle et plus sûre d'elle-même que celle dont il gardait le souvenir. En dépit de sa petite stature, Maggie avait une démarche fière, pointant son petit menton en avant d'un air décidé. Les années avaient été clémentes envers elle, constata Shep avec plaisir, tandis qu'il se levait pour la saluer.

Leurs regards se croisèrent alors pour la première fois, et Shep sentit son cœur battre plus vite. Tandis qu'il s'efforçait de retrouver son calme, il examina le visage ovale de Maggie et ses hautes pommettes. Ses joues avaient gardé leurs délicieuses taches de rousseur. Il vit ses narines se dilater — comme cela lui arrivait souvent autrefois, quand elle avait peur. Dans ses yeux démesurément agrandis, il lut chaque nuance des émotions qu'elle ressentait : la peur, effectivement, et aussi l'incertitude, le désir... oui, le désir. Et il en éprouva une immense joie.

— Comment vas-tu ? demanda-t-il d'une voix calme.

Il fit un pas vers elle et lui tendit sa large main ; aussitôt, il la vit se rétracter. Cela ne se traduisit pas par un geste ou une réaction extérieure, non ; seulement par une lueur angoissée dans ses beaux yeux noisette.

Se forçant à serrer cette main dans la sienne, Maggie bafouilla :

— Bien... Très bien, Shep...

Quand leurs doigts se touchèrent, elle fut frappée une fois de plus par les dimensions imposantes de

28

Shep. Elle se faisait l'effet d'une naine, comparée à lui. Du coin de l'œil, elle vit Casey se lever, le sourire aux lèvres mais le regard inquiet. Allons, s'exhorta-t-elle intérieurement, elle devait se maîtriser, par égard pour Casey et pour le DMI.

— Tu as les mains froides, dit Shep en enserrant ses deux mains entre ses immenses paumes.

Les souvenirs affluaient en masse dans son esprit. Il n'avait jamais oublié que les extrémités de Maggie devenaient glacées chaque fois qu'elle était angoissée ou nerveuse. Constatant une fois de plus combien les mains de Maggie étaient petites et délicates entre ses énormes battoirs, il dut réfréner une brusque envie de la serrer dans ses bras. Son corps était-il toujours aussi chaud, aussi délicieusement parfumé que dans son souvenir ? Une bouffée de chèvrefeuille flotta jusqu'à ses narines, et il la respira profondément. Oui, c'était toujours le même parfum... Sous son regard, Maggie devint cramoisie, et elle se dégagea vivement.

Paniquée, elle leva les yeux vers lui et se dit que la vie n'avait fait qu'accroître sa beauté virile. Les yeux bleu glacier, tellement grands et remplis d'intelligence, brillaient de tendresse, et la bouche dure s'incurvait en un sourire affectueux. Elle se sentit flattée, car Hunter souriait rarement. Frottant machinalement ses mains l'une contre l'autre, elle parvint à murmurer :

— Tu n'as pas changé, Shep.

— Et les dix-huit ans qui ont passé n'ont fait que te rendre encore plus séduisante, Maggie, répondit-il en souriant de plus belle.

— Asseyez-vous, tous les deux, intervint Casey en indiquant un siège à Maggie.

Celle-ci s'exécuta avec soulagement. Shep avait une

telle façon de la dévisager, de la déshabiller du regard, qu'elle sentait ses jambes se dérober. Tirant nerveusement sa blouse sur ses cuisses tandis qu'elle croisait les jambes, elle concentra son attention sur la directrice du DMI.

— Bon, allons-y, dit Casey, en ouvrant l'enveloppe contenant leur feuille de route. Morgan m'a envoyé ceci par e-mail hier soir. Il veut que vous vous fassiez passer pour un couple marié résidant à Atlanta et s'offrant une excursion à Savannah. Vous y passerez la nuit, dans une pension du centre-ville, puis, le lendemain matin, vous reprendrez la route en direction de Charleston. De là, vous vous rendrez à la base militaire de Fairfax, en Virginie. Morgan a choisi cet itinéraire parce que c'est celui qui vous garantira la meilleure protection. Les routes que vous emprunterez sont rapides et faciles d'accès, au cas où le FBI devrait intervenir.

Maggie ouvrit la bouche, puis la referma en comprenant que Casey n'avait pas terminé.

— Donc, vous vous ferez passer pour mari et femme, reprit la directrice. Morgan fera en sorte que les membres d'Aube Noire en soit informés une heure après votre départ. Ils sauront que vous êtes en réalité des émissaires chargés de convoyer les bactéries. Ce trajet leur fournira amplement l'occasion de vous attaquer. Morgan leur indiquera les endroits où vous ferez étape et l'heure où vous y êtes attendus. Votre véhicule sera constamment suivi par satellite ; nous saurons à chaque instant où vous êtes. Vous conduirez une berline bleu foncé parfaitement banale. Morgan veut que vous vous fondiez à la foule, que vous ayez l'air de vacanciers ordinaires.

Tournant la page, Casey poursuivit :

— Maggie, c'est toi qui porteras la mallette en aluminium renfermant le pseudo-anthrax. L'éprouvette contiendra des bactéries qui induiront les terroristes en erreur. Ils ne découvriront la supercherie qu'au bout de trois jours de tests.

— Qu'ils essaient seulement de s'approcher de cette valise ! grogna Shep d'un air menaçant.

Il lança un regard oblique à Maggie. Savait-elle seulement combien cette mission était dangereuse ? A la pensée que des balles pourraient déchirer cette chair délicate, il sentit son estomac se contracter douloureusement.

Maggie hocha la tête.

— Je la remettrai le moment venu, et pas avant, ne t'inquiète pas.

En croisant le regard de Shep, elle eut l'impression que son cœur s'emballait. Pourquoi fallait-il qu'il fût aussi attirant ? Il n'avait rien d'un top model, pourtant. Les pattes d'oie au coin de ses yeux témoignaient des épreuves qu'il avait traversées, et le temps avait creusé de profonds sillons de chaque côté de sa bouche. Son nez proéminent avait visiblement été cassé à plusieurs reprises. Peut-être étaient-ce son visage carré et son menton massif qui le faisaient ressembler aux âpres montagnes Rocheuses où il avait grandi... Il avait dû se raser ce matin en prévision de leur rencontre, mais l'ombre bleue sur ses joues lui conférait néanmoins un aspect menaçant.

Tournant une nouvelle page, Casey reprit :

— Vous porterez tous deux des gilets pare-balles sous vos vêtements civils, et vous serez munis de Beretta 9 mm. La voiture est équipée de vitres blindées.

— Et la carrosserie ? s'enquit Shep.

— Non. Ils font leur maximum pour vous protéger, mais ce n'est pas une voiture blindée.

— C'est moi qui conduirai, dans ce cas, dit Shep.

— Non, c'est moi, protesta Maggie en se redressant. C'est moi, le convoyeur. Tu n'es que le chien de garde, ne l'oublie pas.

Casey leva les mains en signe d'apaisement.

— Je crois que le mieux sera de conduire à tour de rôle. Cela exigera énormément d'attention et de concentration. Chacun de vous pourrait conduire deux ou trois heures d'affilée, puis se reposer. De cette manière, vous resterez dispos et vigilants.

Maggie se hérissa. C'était bien dans la manière de Shep de vouloir d'emblée prendre la direction des choses ! Il la traitait comme si elle était demeurée l'étudiante inexpérimentée qu'il avait connue jadis. Bon sang, elle avait grandi, depuis ! Et elle ne le laisserait certainement pas décider de tout, sans même la consulter ! Elle lui jeta un regard coléreux, et le vit se rembrunir. Bien fait pour lui. Il allait apprendre à ses dépens qu'elle n'était plus la faible créature dont il avait gardé le souvenir.

— Vous devez comprendre, dit Casey en regardant Maggie avec insistance, que le FBI ne pourra pas vous protéger vingt-quatre heures sur vingt-quatre. Ce ne sont que des êtres humains, et vous aussi. Ils assureront une surveillance, mais techniquement, vous serez seuls. Le téléphone cellulaire comporte un numéro d'appel d'urgence que vous pourrez composer si vous êtes attaqués. Il faudra peut-être quinze ou trente minutes aux agents du FBI pour arriver sur place, selon le lieu où l'attaque se produira. Ils ne peuvent pas vous suivre de près, car ceux d'Aube Noire s'en apercevraient immanquablement. Ils seront donc postés à certains points tout le long de la route, prêts à intervenir à tout moment. C'est le maximum que nous puissions faire.

— Je comprends, Casey, dit Maggie en s'agitant sur son siège, mal à l'aise. Mais pourquoi nous faire passer pour un couple marié ? Pourquoi ne pourrions-nous pas avoir des chambres séparées ?

— Parce que, répondit Casey d'un ton patient, Morgan veut qu'Aube Noire nous croit assez stupides pour recourir à une ruse aussi grossière. Il faut qu'ils nous jugent totalement incompétents.

Pour Maggie, c'était un véritable choc de découvrir qu'elle devrait partager la chambre de Shep. Elle ne s'y attendait pas le moins du monde, elle n'arrivait même pas à imaginer qu'une telle chose pût se produire.

— Mais, objecta-t-elle, je ne vois pas en quoi cela nous avantage...

— L'union fait la force, répliqua Shep en soutenant son regard noisette. En restant près de moi, tu seras plus en sûreté.

Sa conscience le tiraillait. Manifestement, Maggie ne voulait pas avoir affaire à lui. D'après la fiche de renseignements, elle était célibataire, mais en dehors de cela il ne savait rien de sa vie privée. Peut-être vivait-elle avec un homme ? Cette pensée le troubla, et, se morigénant intérieurement, il s'aperçut qu'il était toujours animé envers elle du même sentiment protecteur qu'autrefois.

— En sûreté ? se récria Maggie, sarcastique. Près de toi, on n'est jamais en sûreté, Hunter.

— Cela, c'était il y a longtemps, Maggie, répondit-il avec un léger sourire. Aujourd'hui, je pense être en mesure de me contrôler.

Ele s'empourpra et baissa les yeux, évitant de croiser le regard de Shep et celui de Casey. Elle était en train de se ridiculiser ; elle aurait pourtant dû savoir qu'il ne fallait pas le provoquer... Nouant nerveusement ses mains, elle reprit d'une voix étranglée :

— Je continue à penser que ce n'est pas une bonne idée de partager la même chambre. Si nous avions des chambres séparées, cela nous laisserait au moins une chance, si Aube Noire essaie de nous attaquer. Il leur sera moins facile de nous surprendre.

— C'est précisément ce que nous cherchons, déclara Casey. Nous voulons qu'Aube Noire n'ait aucune difficulté à vous surprendre.

— Je vois..., murmura Maggie, atterrée par la simplicité de ce plan.

— Voici vos alliances, dit Casey en se levant.

Abasourdie, Maggie prit l'écrin qu'elle lui tendait. Puis, tandis que Casey en remettait un autre à Shep, elle l'ouvrit, et y découvrit un anneau d'or et un solitaire — sa bague de fiançailles, sans doute.

— Ne vous inquiétez pas, dit Casey en riant. Elles sont en toc — plaqué or et zircons.

— Au moins nous n'aurons pas à aller devant le prêtre, grommela Maggie en examinant les bagues.

— Laisse-moi te les passer au doigt, Maggie, proposa Shep d'un ton désinvolte.

— Bonne idée, dit Casey, qui regarda Maggie en souriant.

— Non, merci, s'empressa de déclarer celle-ci. Je peux très bien le faire moi-même.

Joignant le geste à la parole, elle glissa l'alliance à son annulaire. Il était hors de question qu'elle se laissât toucher par Shep... Même si, malgré elle, sa peau, sa chair, tout son être implorait ce contact. Serait-ce pareil qu'autrefois? Meilleur? Ou moins bon? Et pourquoi diable se déplaçait-il avec autant de grâce? En dépit de sa taille, il était aussi souple et agile qu'un léopard...

Elle lut la déception dans son regard, face à ce refus. Eh bien, il ferait mieux de s'y habituer tout de suite. Elle n'était pas disposée à ce qu'il lui imposât sa volonté.

Shep l'observait, vaguement mortifié. Elle avait les joues empourprées, et il se dit en cet instant qu'il n'avait jamais rencontré de femme qui lui ressemblât — même de loin. Il sentit se rouvrir la vieille blessure qui n'avait jamais tout à fait cicatrisé depuis leur séparation. Quand ils avaient rompu, il avait quitté la fac pour s'engager dans l'armée de l'air. Seul le fait de piloter, de voler tout seul en plein ciel aux commandes d'un jet, avait pu compenser un tant soit peu le sentiment de perte qu'il avait alors éprouvé. Mais cette séparation était devenue nécessaire : Maggie et lui n'étaient jamais d'accord sur rien.

Croisant son regard, il déclara :

— Casey a suggéré que nous déjeunions ensemble pour revoir une dernière fois tous les détails, et que nous partions demain matin. Qu'en penses-tu?

Il vit les minces sourcils s'abaisser en signe de protestation, et sut que rien n'avait changé. Elle tripotait nerveusement la fausse alliance à sa main gauche, comme si l'objet portait des microbes susceptibles de la contaminer. Comme si elle préférait mourir que de lui céder sur le moindre point.

— Oh..., soupira-t-elle. D'accord. Il y a une cafétéria au sous-sol.

Elle regarda sa montre. Constatant qu'il n'était que 9 h 30, elle ajouta :

— De plus, à cette heure-ci, elle sera pratiquement déserte.

— Je songeais à un endroit plus agréable, reprit Shep.

Maggie le foudroya du regard.

— La cafétéria conviendra parfaitement. Nous sommes ici pour travailler, Shep, et non pour nous amuser. Je veux que ce soit bien clair, déclara-t-elle, avant de sortir sans l'attendre.

Face à une telle animosité, Shep sentit son estomac se serrer. Le haïssait-elle à ce point ? L'aversion se lisait clairement sur son visage. Mais il crut aussi y discerner de la peur, tandis qu'elle s'avançait vers la porte d'une démarche de robot. Elle avait peur de lui ? Mais pourquoi ? Toutes sortes de questions se pressaient dans sa tête, mais Shep ne connaissait aucune des réponses. Ramassant son attaché-case, il s'élança à ses trousses.

Dans le couloir, Maggie marcha devant lui d'un pas vif, et plusieurs personnes la saluèrent au passage. Il vit son beau visage se radoucir chaque fois qu'elle échangeait quelques paroles avec ses collègues, et songea que leur tête-à-tête s'annonçait décidément bien mal.

Quand ils se retrouvèrent dans l'ascenseur, Maggie prit soin de se tenir face à lui, et à bonne distance. Dès que les portes s'ouvrirent, elle sortit d'une démarche assurée. Elle choisit une table près de la fenêtre et s'assit. Shep la rejoignit et déposa l'attaché-case sur un siège vide.

— Puis-je t'apporter du café ? proposa-t-il. Si mes souvenirs sont bons, tu l'aimes bien sucré, avec un nuage de lait.

Elle leva les yeux vers lui, et vit le combat qui se jouait sur son visage d'habitude inexpressif. Au son de cette voix rauque et tendre, elle eut la chair de poule. Oh, oui, combien il pouvait être tendre, parfois ! Quand toute cette dureté, cette invincibilité se dissolvaient pour ne laisser qu'un homme d'une sensibilité prodigieuse, qu'un amant attentionné... Comme elle aurait voulu se trouver de nouveau au côté de cet homme-là ! Terrifiée par ses propres pensées, elle marmonna sèchement :

— Oui, je veux bien un peu de café, merci.

— Et une larme de cognac pour te calmer les nerfs ? proposa Shep avec un petit sourire.

Fermant les yeux, Maggie sentit son cœur se dilater de joie devant une telle prévenance. Mais non, Shep était toujours égal à lui-même, il se moquait d'elle, voilà tout... Oh, comment allait-elle survivre à tout ça ? Elle avait bien plus peur de lui que de cette satanée mission !

Rouvrant les paupières, elle plongea son regard dans le sien — si chaleureux, à présent.

— Eh bien, à vrai dire, je préférerais une goutte de whisky.

— Je reviens dans une minute, dit Shep en hochant la tête.

Maggie le suivit des yeux et soupira. Elle se montrait désagréable envers lui alors qu'il ne le méritait pas. Pourtant, il ne semblait pas lui en tenir rigueur et n'en paraissait pas affecté le moins du monde...

Quand il revint, il portait un plateau surchargé de nourriture. Il déposa devant elle une tasse de café et une assiette contenant un énorme beignet poisseux, puis s'installa devant une autre assiette garnie d'œufs brouillés, de bacon et de pommes de terre.

— Je n'ai pas faim, dit Maggie en poussant le beignet vers lui.

— Je me souviens que c'était pourtant ta gourmandise préférée, dit-il sans se troubler. Mais si tu n'en veux pas, je le mangerai, ajouta-t-il en haussant les épaules.

Piquant une bouchée d'œufs au bout de sa fourchette, il regarda les mains de Maggie enserrant la tasse de café.

— Tu as toujours les mains froides quand tu es contrariée, dit-il.

Elle acquiesça et but une gorgée.

— Je me suis mise au thé depuis longtemps déjà, Hunter, répondit-elle. Mais en te revoyant, j'ai eu de nouveau envie de café.

Il retroussa les lèvres en un petit sourire.

— Et alors, est-ce un bon ou un mauvais signe, docteur Harper ? s'enquit-il d'un air taquin.

— Ta présence me fait l'effet d'une rechute, après un mauvais rhume.

— Merci.

— Il n'y a que toi pour prendre cela comme un compliment, Hunter !

En gloussant, il étala un peu de confiture sur un toast.

— Tu n'as pas changé du tout, Maggie. Je me posais la question, mais je constate que ce n'est pas le cas.

— Eh bien, siffla-t-elle entre ses dents, toi non plus.

— Et où cela nous mène-t-il ?

— A nous faire la guerre, comme toujours.

— Dix-huit ans, c'est bien long, Maggie.

— Mais c'est comme si c'était hier, parce que tu es toujours le même.

— Merci... enfin, je crois.

— Ne commence pas à te rengorger, Hunter, car ce n'était pas un compliment, et tu le sais parfaitement.

— Comment trouves-tu ton café ? Ai-je mis la bonne quantité de lait et de sucre ?

Rougissante, elle baissa les yeux sur sa tasse.

— Comme je te l'ai dit, rien n'a changé.

— Nous sommes plus âgés, cela peut peut-être arranger les choses ?

— En ce qui me concerne, cela signifie simplement que je suis encore plus attachée à mes idées, riposta Maggie.

Elle vit son regard s'illuminer et, constatant qu'il ne s'offensait pas de ses propos, elle demeura stupéfaite. Autrefois, il aurait aussitôt pris la mouche. Ils se disputaient tout le temps — se disputaient, puis se réconciliaient. Et les réconciliations étaient délicieuses...

— Ma foi, la vie m'a joué quelques mauvais tours, déclara-t-il. J'espère que j'en ai tiré un enseignement.

Elle but une nouvelle gorgée, avec une irritation croissante. Hunter avait le don de faire ressortir son agressivité. Aucun des hommes qu'elle avait connus n'avait jamais suscité en elle semblable réaction.

— J'ignore pourquoi, Shep, mais tu as l'art de stimuler mes pires instincts, reprit-elle. Nous nous cha-maillions sans cesse autrefois, et l'on dirait bien que cela va recommencer.

Ses narines se dilatèrent, et elle ne put contenir le tremblement de sa voix.

Shep mangeait lentement, en réfléchissant à la meil-leure façon de s'y prendre avec elle. Elle n'avait aucune idée de ce qui était en jeu dans cette mission. Que cela lui plaise ou non, c'était lui qui dirigerait les opérations. Mais, dans l'immédiat, il s'abstiendrait de le lui faire savoir. Ils avaient toute une journée pour se préparer. D'une façon ou d'une autre, Maggie allait devoir se plier à sa volonté. Sinon...

3.

— Je prends le volant, dit Shep, en contournant la voiture qui leur avait été allouée.

Le véhicule était garé dans le parking souterrain du bâtiment du DMI. Dehors, cette matinée de juillet, chaude et humide, laissait présager une journée torride.

— Pas si vite, Hunter.

Il se retourna, étonné par le ton impérieux de Maggie. Et eut le plus grand mal à ne pas la dévorer des yeux, tant elle lui semblait belle dans son ample pantalon kaki et sa blouse bleu foncé. Il savait que, sous la soie de cette blouse, elle portait le gilet pare-balles obligatoire dans une telle mission, tout comme il dissimulait le sien sous une chemise blanche et un blouson. Le gilet commençait déjà à lui irriter la peau, mais Shep ne pouvait en nier la nécessité.

— Qu'as-tu à me dévisager ainsi ? s'enquit-elle en plissant les yeux.

Shep connaissait ce regard. La main sur la portière, il riposta :

— Où est le problème ?

— Comment peux-tu poser cette question ? s'écria Maggie.

Elle s'efforçait, avec beaucoup de difficulté, d'ignorer le charme qui émanait de lui ce matin, avec ses cheveux noirs encore humides de la douche matinale, sa mâchoire rasée de près, où l'ombre bleue de la barbe réapparaîtrait inéluctablement dans l'après-midi... Il avait les yeux rouges, et elle se demanda s'il avait dormi la nuit dernière. Elle, en tout cas, n'avait pas pu trouver le sommeil : chaque fois qu'elle fermait les yeux, des images de leur passé tumultueux et passionné surgissaient derrière ses paupières.

— Shep, nous n'allons pas recommencer comme avant ! Tu crois toujours tout savoir. Tu me prends encore pour une timide violette de serre, incapable d'être ton égale !

— Attends un peu...

— Non, dit Maggie d'une voix froide, le fixant droit dans les yeux. Cette fois-ci, c'est différent, Hunter. Et tu vas devoir te montrer plus accommodant qu'autrefois, sinon...

— Je suppose que tu as suivi des cours de conduite spécifiques ?

— Oui.

— Et un entraînement à la lutte antiterroriste, également ?

— Je lis la surprise dans ton regard, Hunter, dit-elle avec un sourire suave. La réponse est oui. Et au cas où cela t'intéresserait, j'ai passé toutes les épreuves avec succès et je possède un certificat d'aptitude.

— Peut-être as-tu changé, effectivement, admit Shep à contrecœur. D'accord, tu peux conduire pendant deux heures, puis je te relaierai. Qu'en dis-tu ?

Il pouvait bien lui céder sur ce point, après tout, sachant que de plus graves conflits s'annonçaient : il y avait certaines choses qu'il ne pourrait en aucun cas autoriser à Maggie, de crainte qu'elle ne se fasse tuer... comme Sarah.

— J'en dis que cela me paraît équitable, Hunter, répondit Maggie, satisfaite de ce revirement. Merci de me témoigner autant de considération.

Elle discerna une lueur de malaise dans les yeux bleus de Shep et, devant sa grimace de dépit, ne put dissimuler un sourire de triomphe.

— Tu n'as absolument pas changé, Hunter, malgré toutes ces années. Tu es exactement le même qu'autrefois.

— Il y a certaines choses qu'il est difficile de changer, avoua Shep d'un air maussade.

Il fit le tour de la voiture pour s'asseoir du côté passager, et, ce faisant, effleura involontairement la main de Maggie. Comme il aurait aimé la toucher pour de bon, caresser cette chair douce et tiède ! Il se rappelait combien c'était merveilleux de la tenir dans ses bras, combien elle pouvait se montrer passionnée...

Chassant ces pensées, il reporta son attention sur l'immédiat, détaillant l'équipement du véhicule. L'ordinateur de bord affichait une carte de la région qu'ils allaient traverser, carte où figuraient toutes les routes et voies secondaires. La Georgie regorgeait de petites routes de campagne et, en cas de problème, ils devraient savoir laquelle prendre pour tenter d'échapper à leurs poursuivants. Il y avait deux radios, l'une reliée à la police d'Etat, l'autre en ligne directe avec la fourgonnette du FBI, le QG mobile qui les accompagnerait tout au long du trajet. Après avoir testé chacun des appareils pour s'assurer de son bon fonctionnement, il regarda Maggie, qui était occupée à boucler un harnais de sécurité spécial et à ajuster les rétroviseurs.

— Je déteste les gilets pare-balles, marmonna-t-elle en se grattant sous le bras.

— Ils sont malheureusement indispensables, dit Shep en fermant sa portière, avant de boucler sa ceinture à son tour. Puis il alluma l'ordinateur de bord et ouvrit le portable branché sur l'allume-cigares. L'ordinateur occupait l'emplacement d'ordinaire réservé à la boîte à gants et pouvait être placé sur une tablette amovible en face du passager.

Tournant de nouveau son regard vers Maggie, il sentit son cœur battre à grands coups, comme pour mieux souligner à quel point... à quel point il l'aimait encore. Des visions cauchemardesques de la mort de Sarah affluèrent soudain à son esprit, et il cligna des yeux pour repousser ce spectre. Non, il ne laisserait pas Maggie connaître la même fin que Sarah. C'était par sa faute que sa seule et unique partenaire avait été tuée dans l'exercice du devoir. Par sa faute à lui, et rien qu'à lui. Il préférait rôtir en enfer plutôt que de mettre Maggie en danger. Non, cette fois, il contrôlerait tout d'un bout à l'autre — que Maggie l'acceptât ou non. Il avait déjà perdu une femme qu'il aimait. Il ne voulait pas risquer de perdre aussi Maggie.

— Tout est O.K. ? demanda Maggie en démarrant.

— Oui, confirma-t-il en examinant la carte sur l'ordinateur. Je t'indiquerai la direction à...

— Inutile, répliqua sèchement Maggie. J'ai mémorisé l'itinéraire jusqu'à Savannah hier soir.

Elle se mit alors à lui réciter les instructions dans le détail. L'itinéraire avait été établi par le FBI, et des agents fédéraux seraient postés dans des voitures à proximité de certaines intersections, de manière à pouvoir intervenir rapidement si nécessaire. La fourgonnette banalisée les suivrait à quinze kilomètres de distance, pour transmettre la demande d'aide éventuelle aux agents.

Elle vit le visage de Shep se rembrunir. Qu'avait-il donc ? Il aurait dû être ravi qu'elle se fût si bien préparée à cette mission. Au lieu de cela, il la regardait bizarrement. Avec un petit sourire, elle passa la marche arrière pour sortir du box.

— Je suppose que ce regard meurtrier signifie que j'ai tout bon. Alors, en route, cow-boy du Colorado.

Médusé par cet aplomb, Shep se sentit néanmoins remué au plus profond de lui-même en l'entendant l'appeler par ce surnom qu'elle utilisait autrefois, et son cœur se gonfla d'émotions qu'il réprima brutalement. Si quelque chose risquait de les mettre en danger, c'était bien un manque de concentration de sa part. Il était tellement facile de se perdre dans la contemplation de Maggie, de la boire comme un nectar rafraîchissant... Elle saurait toujours apaiser sa soif, satisfaire le moindre de ses besoins. D'une certaine manière, ils étaient faits l'un pour l'autre. Elle s'accordait à lui mieux qu'aucune autre femme ne l'avait jamais fait. Il avait aimé Sarah, mais elle était bien différente de Maggie. Elle ne possédait pas cette assurance, cette force intérieure qui irradiait de Maggie comme la lumière du soleil lui-même...

Quand ils s'engagèrent sur la route, Shep se mit automatiquement à balayer les environs du regard. Pour lui, la surveillance était une sorte de jeu mental : faire attention à chaque voiture, mémoriser sa couleur, sa marque, le nombre d'occupants... S'ils étaient suivis par des membres d'Aube Noire, c'était la seule façon de s'en apercevoir. L'ordinateur portable était connecté directement aux ordinateurs de la police, et il pouvait donc leur communiquer les numéros des plaques d'immatriculation; grâce aux jumelles posées entre les deux sièges avant, il pourrait les lire de loin.

— Je vois que tu es déjà sur le qui-vive, dit Maggie en chaussant une paire de lunettes de soleil.

— Rien ne t'échappe, répondit Shep en examinant son profil, tandis qu'elle manœuvrait habilement parmi les méandres de la circulation.

Elle avait toujours été une excellente conductrice, se rappela-t-il. D'autres souvenirs lui revinrent en foule. Le père de Maggie élevait des chevaux de course. C'était un mordu de la vitesse, et Maggie avait certainement hérité de ses goûts.

— Ton père continue à entraîner des chevaux de course? s'enquit-il.

Elle eut un petit rire, et hocha la tête.

— Oui. En revanche, il a dû renoncer aux courses de voitures. Maman lui a fait comprendre avec tact qu'il commençait à se faire trop vieux pour ce genre de sport.

— Et toi? se risqua-t-il à lui demander, le cœur battant.

Il voulait tout savoir d'elle, de ce qu'avait été sa vie depuis leur séparation. Avait-elle été mariée, pour divorcer ensuite? Ce n'était pas mentionné dans son dossier. Y avait-il quelqu'un dans sa vie en ce moment? Il se surprit à souhaiter ardemment que ce ne fût pas le cas, et fut stupéfait par cette réaction. Il n'aurait jamais cru être encore capable d'éprouver les mêmes émotions qu'à vingt ans...

Maggie sentit une vague de chaleur remonter le long de son cou jusqu'à son visage. Allons bon, elle rougissait de nouveau ! Serrant plus fort le volant entre ses mains, elle répondit d'un ton désinvolte :

— Moi ? Je suis dans les microbes jusqu'au cou. J'adore mon travail. J'aime surtout me rendre sur le terrain pour détecter et identifier un virus épidémique.

— Tu ressembles à ton père. Seulement, au lieu de faire courir des pur-sang, tu t'adonnes à un passe-temps nettement plus dangereux.

— Est-ce un reproche, ou une simple constatation ?

— A ce que je vois, ton sens de l'humour est intact, lui aussi, riposta-t-il en riant.

— C'est mon sens de l'humour qui m'a permis de rester en vie, Hunter, dit-elle en lui lançant un regard en biais. Pour vivre avec toi pendant un an, il m'en a fallu une sacrée dose.

Piqué au vif par ce sarcasme, il fronça les sourcils et, pour se donner une contenance, fit mine d'examiner la carte sur l'ordinateur de bord.

— Il n'y a pas eu que des mauvais moments, marmonna-t-il. A moins que tu ne te souviennes que de ceux-là ?

— Et toi, quels souvenirs as-tu gardé de cette période ? contra-t-elle.

Pas question de se laisser prendre à ce piège. Elle avait bien trop peur de ses propres sentiments, trop peur de se laisser entraîner par ses émotions et d'avouer à Shep ce qu'elle ressentait vraiment... En outre, il ne lui avait jamais donné cette satisfaction. C'était un personnage indéchiffrable, et l'amener à parler de ce qu'il ressentait donnait à Maggie l'impression d'être un dentiste procédant à une extraction.

— J'ai tendance à me souvenir des bonnes choses plutôt que des mauvaises, répondit-il avec circonspection.

— Pour moi, le fait de tenir à ses opinions n'est pas une mauvaise chose, déclara Maggie d'un ton vif.

Gémissant intérieurement, il inspecta les voitures qui les suivaient dans le rétroviseur.

— A mon avis, il s'agissait plus d'entêtement que d'attachement à des convictions, répliqua-t-il.

— Es-tu en train de me dire que, durant toutes ces années, tes sentiments au sujet des femmes intelligentes et sûres d'elles-mêmes n'ont pas évolué d'un *iota*? Continues-tu à penser que nous sommes toutes des entêtées refusant de s'incliner devant ton intelligence supérieure?

— C'est reparti! grommela-t-il en posant sur elle un regard glacial. Je n'ai peut-être pas changé, mais toi non plus. En fait, tu es encore pire que dans mon souvenir.

Un large sourire s'épanouit sur le visage de Maggie.

— Oh, Hunter, tu es tellement... archaïque! Tu es pire que l'homme de Neandertal qui te sert de frère, Reid. Soit dit en passant, c'est une bonne chose qu'il ait épousé Casey. Elle saura le remettre dans le droit chemin.

Contenant à grand-peine un grognement exaspéré, il lui lança un regard en biais. Décidément, elle était ravissante. Avec ses lunettes noires et ses cheveux auburn auréolés de soleil, elle ressemblait plus à une starlette de Hollywood qu'à une virologue de renom, à cet instant. Mais elle n'avait pas cet aspect famélique qu'affectionnaient la plupart des starlettes. Son corps était ferme, ses courbes pleines... Au souvenir de ce corps se cambrant sous le sien, il laissa échapper un soupir et décida qu'il valait mieux revenir sur un terrain moins dangereux.

— Dis-moi, est-ce que tu participes toujours à des concours hippiques? Ou as-tu renoncé à te rompre le cou dans les sauts d'obstacles, comme ton père a renoncé aux courses de voitures?

Avec un rire ravi, elle agita un doigt dans sa direction.

— Tu es malin, Hunter! C'est ce qui s'appelle changer de sujet pour dérouter l'adversaire. Tu n'as jamais su jouer franc-jeu.

— Toi non plus.

— Tu exultes, hein? Je peux m'en rendre compte, même si ton visage reste aussi impassible et froid qu'un iceberg.

Bizarrement, ces traits mordants réchauffèrent le cœur de Shep. Maggie avait toujours eu l'art de la repartie; il savait que ce n'était pas par méchanceté qu'elle le raillait ainsi, mais simplement pour l'obliger à réagir. Certes, il n'était pas quelqu'un de spontané, mais la vie lui avait appris à ne pas l'être. Dans ce métier, la spontanéité pouvait vous coûter la vie, et Sarah était morte parce qu'il avait manqué de réflexion. Cette pensée assombrit brusquement la joie qui l'habitait.

— Qu'y a-t-il? demanda Maggie. Pourquoi es-tu si triste, tout à coup?

— Moi?

Comment s'en était-elle rendu compte? Mal à l'aise, il s'agita sur son siège.

— Oh, Hunter! Tu n'as jamais voulu admettre que je puisse percevoir tes sentiments. Pas plus autrefois que maintenant. Sais-tu à quel point cela peut être exaspérant?

— Non, répliqua-t-il d'un air compassé, en reportant son attention sur les voitures.

Maggie lui décocha un regard venimeux. Shep semblait imperméable à ses remarques. Mais à quoi d'autre pouvait-elle s'attendre de sa part ? Pourtant, jadis, il lui arrivait de s'ouvrir un peu à elle, de laisser entrevoir sa vulnérabilité. Aujourd'hui, il demeurait hermétique, aussi fermé qu'une huître.

— Pourquoi te fermes-tu ainsi ? demanda-t-elle à voix basse.

Touché. Oui, Maggie savait viser juste. Tiraillant son gilet pare-balles d'un air gêné, il murmura :

— La vie vous rend parfois ainsi. Tu le sais, Maggie.

— Raconte-moi comment tu as commencé à travailler pour Persée. J'avais toujours pensé que voler était aussi important pour toi que respirer. Qu'est-ce qui t'a poussé à quitter l'armée de l'air ?

Il soupira intérieurement, soulagé que la question ne fût pas de nature plus personnelle.

— J'ai piloté des Falcon pendant pas mal de temps. Et puis, il y a sept ans, Morgan m'a fait une offre à laquelle je n'ai pas pu résister. J'aimais l'idée d'aider les gens de façon plus directe. Au début, Morgan faisait appel à moi pour des missions aériennes. Je devais faire atterrir des Cessna sur des pistes de fortune, en pleine jungle, pour secourir des gens, évacuer des agents en mauvaise posture... J'ai effectué plusieurs missions de ce genre en Afrique.

— Bizarre que nous ne nous soyons jamais rencontrés, dit Maggie. J'ai passé plus du tiers de ma vie professionnelle en Afrique, moi aussi. Et en Amérique du Sud, dans l'Amazonie.

Shep faillit dire qu'il aurait beaucoup aimé la rencontrer, mais garda le silence. La circulation devenait plus fluide, maintenant qu'ils s'éloignaient d'Atlanta. Devant eux s'étendaient les vastes prairies et les collines de Georgie. Des bouquets de pins bordaient l'autoroute, pareils à des murailles vertes. Dans le ciel d'un bleu éclatant, des cumulus commençaient à se former. En fin de journée, des orages éclateraient ici et là, principalement sur la côte, où la chaleur et l'humidité atmosphérique créaient une instabilité constante.

— Alors..., reprit Maggie, comment la vie t'a-t-elle traité, sur le plan personnel ? As-tu été marié ? As-tu eu des enfants ?

Elle retint sa respiration, observant sa réaction. Shep avait toujours eu horreur de ce genre de questions. Elle le savait, mais elle n'avait rien à perdre, et était vraiment curieuse de connaître la réponse — sans vouloir toutefois s'en avouer la raison.

Shep sentit une vive douleur lui transpercer le cœur.

— Tu n'as pas perdu la main, hein ? dit-il entre ses dents.

— Que veux-tu dire ?

— Oh, je t'en prie, Maggie. Tu as toujours su viser les endroits les plus vulnérables.

— Si tu le prends ainsi, c'est que quelque chose ne va pas chez toi.

— Ma vie privée ne regarde que moi, tu le sais parfaitement.

— Oh ! oui. Mais pour la mienne, c'est différent. Tu m'as posé des questions personnelles et j'y ai répondu, n'est-ce pas ? Eh bien, à ton tour, maintenant.

— Au nom de quelle logique ?

Elle savait qu'il la taquinait ; d'ailleurs, le coin de sa bouche se relevait en un sourire imperceptible.

— La logique veut que si l'on pose des questions

51

personnelles à quelqu'un, on accepte implicitement que ce quelqu'un vous en pose également.

— Mes questions étaient moins personnelles que les tiennes.

Roulant des yeux exaspérés, elle lui lança :

— Tu cherches une échappatoire, c'est ça ?

— Déformation professionnelle, petiote, que veux-tu...

Oh, bon sang ! Comment avait-il pu se laisser aller ainsi ?

Levant une main en signe d'apaisement, il poursuivit :

— Désolé, je ne voulais pas employer ce mot, c'est venu tout seul.

Maggie crispa ses mains sur le volant pour dissimuler son émotion. « Petiote », c'était le nom qu'il utilisait autrefois dans l'intimité, un surnom affectueux, qu'il chuchotait à son oreille d'une voix tendre.

— Es-tu vraiment désolé, Hunter ? dit-elle en croisant brièvement son regard.

Elle y lut une telle tristesse, une telle nostalgie qu'elle en fut troublée. Etait-il à ce point nostalgique d'elle, de ce qui avait existé entre eux deux, si tumultueux et imparfait que cela eût été ?

— Oui... non... Bon sang, cela m'a échappé, Maggie, excuse-moi. C'est le passé. Mais je présume que certaines choses ne s'effacent jamais... Ecoute, n'y attache pas trop d'importance, O.K. ? J'ai la mémoire longue, et il y a des choses que je ne puis oublier.

— Pourquoi te souviens-tu du surnom que tu me donnais ? dit Maggie d'une voix radoucie. Est-ce parce que tu me haïssais ? Es-tu encore fâché parce que nous avons rompu au lieu de nous marier ? Alors, Hunter ?

Est-ce un questionnaire à choix multiples ? Est-ce à moi de cocher la bonne réponse ?

— Maggie, implora-t-il en levant les mains, cesse de me harceler. Me bombarder de questions n'est pas le meilleur moyen d'obtenir une réponse de ma part, et tu le sais très bien.

— Comme au bon vieux temps, n'est-ce pas, Hunter ? dit-elle avec un léger sourire.

D'une certaine façon, elle prenait plaisir à cette joute verbale. Certes, elle voyait bien qu'il était mal à l'aise, mais, d'un autre côté, il la connaissait bien et il savait qu'elle ne le blesserait jamais délibérément. Ces piques faisaient partie du rituel, c'était le ciment de leur relation. Les échanges pouvaient être vifs, mais jamais douloureux.

— Oui, soupira-t-il. Tu n'as pas changé tant que ça, Maggie.

— Merci. Je le prends comme un compliment. Comme je te l'ai déjà dit, toi non plus, Hunter.

— Alors... as-tu déjà été mariée ?

Elle le fixa un instant, bouche bée.

— Quoi ! Tu t'arroges le droit de me poser des questions extrêmement personnelles, et tu estimes que tu n'as pas à répondre aux miennes ? Oh ! non, Hunter. Cela ne se passera pas comme ça, cette fois. Notre relation sera différente.

— Notre relation ?

— Ce n'est pas ce que je voulais dire, rectifia Maggie d'un air irrité. Ce n'est pas parce que nous sommes obligés de faire semblant d'être mariés et de dormir dans la même chambre qu'il existe une relation entre nous, d'accord ?

Shep sourit. Maggie se trompait rarement dans le

choix de ses mots, et ses joues avaient pris une délicieuse nuance cramoisie, qui donnait à ses yeux noisette des reflets d'émeraude et d'or. Elle était tellement vivante ! Plus vivante qu'aucune autre femme qu'il avait connue. Elle ressemblait beaucoup à Sarah, et pourtant Sarah n'avait été qu'un pâle reflet de la personnalité solaire et ardente de Maggie... Par certains côtés, Maggie était restée la même qu'avant. Par d'autres, elle avait changé, en mieux — elle était plus subtile, plus pondérée, et il ne l'en désirait que davantage.

— Vous êtes une orfèvre en la matière, docteur Harper, et vous n'avez pas l'habitude de vous tromper de terme, répliqua-t-il, ironique. Alors...

— Hunter, je ne te dirai plus rien jusqu'à ce que tu aies répondu à mes questions. Contrairement à ce que tu crois, ce n'est pas toi qui contrôles la situation. Cette fois, je suis ton égale, et non une gamine de dix-huit ans que tu peux intimider sans problème. Est-ce que c'est bien enregistré ? Quand tu l'auras compris, nous pourrons peut-être dialoguer pour de bon. Oui ? Non ? Donne-moi ta réponse.

En secouant la tête, il marmonna :

— Maggie, tu as toujours su te servir de ta si jolie bouche pour circonvenir ton auditoire. Sans doute as-tu raté ta vocation. Tu aurais dû devenir avocate, plutôt que scientifique. Je me sens pris au piège, comme si j'avais les bras et les jambes liés.

Avec un rire satisfait, elle rétorqua.

— Oh, comme tu sais souffrir avec éloquence, Hunter ! C'est ce que tu fais le mieux, si je me souviens bien. Tu me lançais ton regard de chien battu, et je finissais toujours par céder. Mais pas cette fois. Honhon. Je suis devenue plus sage avec l'âge. Non, tu ne t'en tireras pas comme ça. A toi de choisir : ou tu te résignes à parler, ou tu te tais.

Sans répondre, Shep se remit à inspecter les voitures autour d'eux. Puis il prit l'un des deux émetteurs radio afin de lancer l'appel obligatoire : toutes les heures, ils devaient contacter le FBI et indiquer leur position. Tout en parlant à l'agent fédéral, il observa Maggie. Elle arborait un large sourire, comme si elle venait de remporter une partie d'échecs. Et n'était-ce pas effectivement le cas ? Raccrochant le micro, il étendit le bras, effleurant les minces épaules vêtues de soie bleue.

— Comme je n'ai guère envie de passer les prochaines heures dans un silence glacial, commença-t-il d'un ton plaisant, je vais répondre à tes questions. Non, je ne suis pas marié et non, je n'ai pas d'enfants.

— C'est tout ?

— Que veux-tu dire ? N'ai-je pas répondu à tes questions ?

— Bon sang, Hunter, tu n'es guère prolixe dans tes réponses ! On croirait un suspect refusant de parler en dehors de la présence de son avocat.

Shep ne put s'empêcher de rire.

— Tu sais quoi ? dit-il en la regardant. Tu m'as vraiment manqué. Tu es la seule personne au monde à pouvoir me soutirer quelque chose contre mon gré.

Triomphante, Maggie reprit :

— Es-tu avec quelqu'un, en ce moment ?

Une part d'elle-même espérait ardemment une réponse négative. Elle le vit hésiter, ouvrir la bouche, puis la refermer. Il détourna un instant les yeux, avant d'affronter de nouveau son regard.

— Je l'ai été... mais c'est terminé, dit-il en retirant son bras.

Maggie perçut la douleur contenue dans sa voix, bien qu'il fît de son mieux pour la dissimuler. Et on ne pouvait se tromper sur la détresse qui emplissait également ses yeux. Elle cessa de sourire et posa sa main sur le poing crispé de Shep. Ce geste les surprit autant l'un que l'autre, et Maggie constata que la main de Shep était toujours aussi robuste et dure que dans son souvenir.

— Que s'est-il passé, Shep? Je vois bien que tu souffres.

Levant les yeux vers lui, elle découvrit son expression figée, impénétrable, et sut qu'il s'était refermé sur lui-même, et que toute communication était de nouveau interrompue entre eux deux.

4.

Ils arrivèrent en vue de Savannah au début de l'après-midi. Tandis qu'ils roulaient en direction de ce qu'elle considérait comme la plus belle ville du Sud, Maggie était consciente que Shep ruminait toujours la question qu'elle lui avait posée des heures plus tôt. Au passage, elle admira le dôme doré de l'hôtel de ville, visible depuis l'autoroute. Savannah était réputée pour son architecture, et les touristes y affluaient du monde entier... Avec un léger soupir, Maggie constata qu'elle se sentait en paix, comme chaque fois qu'elle se trouvait dans cette ville.

L'itinéraire prévoyait une halte à la Taverne du Planteur pour le déjeuner; c'était une demeure historique de style géorgien, récemment transformée en restaurant. Quand ils s'engagèrent dans Abercorn Street, Maggie soupira de nouveau.

— Je ne peux pas m'en empêcher, expliqua-t-elle. Pour moi, Savannah est le joyau de l'Amérique. Regarde les couleurs pastel de ces magnifiques vieilles maisons! On dirait des œufs de Pâques...

— J'aime ta façon de voir le monde, répondit Shep d'un ton désinvolte que démentait son expression vigilante.

Il balaya les environs d'un regard perçant quand ils se garèrent sur le parking en plein air. Il savait que des agents du FBI, à l'intérieur comme à l'extérieur du restaurant, les observeraient constamment, veillant sur leur sécurité.

— Des œufs de Pâques..., répéta-t-il en secouant la tête tandis qu'il coupait le moteur.

Il déboucla sa ceinture et regarda Maggie avec un petit sourire.

— Il n'y a que toi pour comparer des maisons de trois ou quatre étages à des œufs de Pâques.

Elle fut touchée par la douceur de son regard en cet instant. Baissant les yeux, elle tripota nerveusement la boucle de son harnais.

— Je suis l'idéaliste, Shep. Toi, tu as toujours été le réaliste. Tu ne vois probablement dans ces superbes demeures que leur architecture, et pas forcément leur beauté extérieure.

Elle faisait de son mieux pour ne pas le regarder. Il était tellement séduisant dans son blouson de sport bleu foncé, sa chemisette blanche et son pantalon kaki — décontracté, mais élégant en même temps. Elle savait qu'il portait ce blouson pour dissimuler une arme ; sinon, il l'aurait ôté depuis longtemps, par cette chaleur...

En descendant de voiture, Shep referma son blouson de manière à dissimuler le holster qu'il portait sous l'aisselle, tant aux yeux du public que de leurs ennemis. Contournant la voiture, il alla ouvrir la portière de Maggie, qui lui lança un regard étonné.

— J'ai toujours été un gentleman, lui rappela-t-il avec hauteur, en lui tendant la main.

— Je suis tellement habituée à ouvrir les portes

moi-même que je l'avais oublié, dit-elle en riant, avant de glisser sa main dans la sienne.

— Hmm, fit-il en l'attirant à lui, tes doigts ne sont plus aussi glacés que tout à l'heure.

Sans l'avoir voulu, Maggie se retrouva momentanément pressée contre son corps vigoureux. Choquée et émerveillée à la fois, elle recula vivement — pas assez vite cependant pour ne pas voir la lueur d'amusement et de désir dans les yeux de Shep. Il écarta les lèvres — et elle sut qu'il voulait l'embrasser.

— Des œufs de Pâques, murmura-t-il en la gardant emprisonnée entre ses bras, de sorte qu'elle ne pouvait s'échapper. Tu es vraiment incroyable, Maggie Harper. Et bien que tu sois la femme la plus têtue que je connaisse, je ne peux m'empêcher...

Depuis le départ, il brûlait d'envie de l'embrasser. De prendre cette bouche voluptueuse... Après tout, ils étaient mariés, non ? Si des membres d'Aube Noire les épiaient, ne trouveraient-ils pas normal qu'un couple de jeunes mariés s'embrassât furtivement sur un parking ? Bien sûr que si, et Shep ne les décevrait pas. Il avait trop besoin de Maggie, et c'était uniquement pour la revoir qu'il avait accepté cette mission. Il ne s'était jamais remis de leur rupture. Oh, il avait eu bien des liaisons par la suite, mais aucune femme n'avait jamais égalé Maggie...

Celle-ci retint son souffle en discernant la lueur prédatrice dans les yeux soudain étrécis de Shep. Elle sentit ses mains l'étreindre plus fortement. Sans réfléchir, elle se laissa de nouveau aller contre lui, tandis qu'il se penchait vers elle... Il allait l'embrasser ! Ses pensées s'obscurcirent. C'était la dernière chose à laquelle elle s'était attendue, mais elle se sentit soudain devenir aussi molle qu'une poupée de chiffons entre ses bras musclés, et son cœur se dilata sous l'effet d'un désir irrépressible.

Tous les bruits de la ville — les voitures, le clip-clop des sabots des chevaux des calèches pour touristes — s'effacèrent sous l'ardeur de ce désir. Elle ne se débattit pas. Quand elle leva sa bouche vers celle de Shep, elle sentit renaître, dans son cœur battant la chamade, un sentiment ancien et merveilleux. Comme Shep lui avait manqué! Elle n'en avait pas pris conscience jusqu'à maintenant. Fermant les yeux, elle se blottit contre lui, et sentit le souffle de Shep effleurer sa joue. Que c'était bon... Quand il approcha ses lèvres des siennes, elle laissa échapper une plainte et s'agrippa à ses épaules. Elle le voulait, et peu lui importait qu'on les vît. Ses doigts se crispèrent sur la nuque de Shep quand il pressa avidement sa bouche sur la sienne. Elle s'abandonna, et un frisson la parcourut quand il referma ses mains sur ses hanches. Oui, c'était bien le même Shep qu'autrefois! Et elle ne pouvait se rassasier de lui, de sa bouche chaude et experte... Tout en répondant passionnément à son baiser, elle glissa une main joueuse dans ses cheveux, et le sentit frémir. C'était le paradis. *Il* était son paradis. Oh, pourquoi s'étaient-ils séparés? Cela paraissait si stupide, à présent...

Elle aurait voulu que leur étreinte ne prît jamais fin... et gémit de frustration quand il s'écarta d'elle. Rouvrant les yeux, elle se noya dans son regard sombre qui la scrutait intensément.

— Tu t'améliores avec l'âge, Shep, dit-elle avec un sourire malicieux.

— Pourquoi diable t'ai-je quittée, Maggie? demanda-t-il, en la libérant.

— Je ne sais pas..., répondit-elle à voix basse, captivée par ce regard brûlant, qui la réchauffait délicieusement.

Pourtant, elle connaissait la réponse. La passion qui les liait avait toujours été très forte, et cela n'avait pas changé. Mais il y avait chez lui certaines choses qui la rendaient folle : sa façon de ne jamais se fier à ses compétences, de ne jamais la considérer comme une égale... Cependant, elle avait lu du respect dans son regard, aujourd'hui, et cela l'avait quelque peu rassérénée.

Promenant ses doigts sur la manche du blouson de Shep, elle chuchota :

— Peut-être étions-nous trop jeunes ? Peut-être notre inexpérience et notre immaturité nous ont-elles poussés à réagir un peu trop violemment ?

Elle était encore étourdie par la force de ce baiser — et des sentiments qu'il avait fait renaître en elle.

Immobilisant la main de Maggie, Shep se força à reculer, au prix d'un puissant effort de volonté. Il avait faim d'elle, et, dans ses yeux noisette, il lisait un désir réciproque.

— Tu as sans doute raison, petiote...

Il hésita, puis recula encore, avec un sourire d'excuse.

— Bon sang, je n'arrive pas à perdre l'habitude de t'appeler ainsi. Excuse-moi.

D'un pas vif, il alla ouvrir le coffre de la voiture pour y prendre la mallette en aluminium renfermant les pseudo-bactéries d'anthrax. Puis il la tendit à Maggie, puisqu'elle était le convoyeur officiel.

— Pourquoi t'excuses-tu ? dit-elle. J'aimais bien ce surnom...

Le poids de la mallette dans sa main lui rappela soudain pourquoi ils se trouvaient ici, ensemble — et quel danger ils couraient. Cela amoindrit considérablement son euphorie. Si les membres d'Aube Noire se trouvaient ici, Shep et elle pouvaient être tués d'un instant à l'autre... Brusquement, elle se rebella devant cette perspective. Elle venait tout juste de retrouver Shep! Pourquoi avait-il fallu qu'ils se rencontrent dans de telles circonstances? Et elle éprouva alors avec plus d'intensité encore l'importance de chaque minute, chaque seconde passée près de lui.

Main dans la main, ils se dirigèrent vers l'entrée du restaurant.

— Alors, dit-il avec un petit rire, si je commets encore une gaffe, tu ne me lanceras pas un livre à la tête, ou un autre projectile?

De nouveau sur le qui-vive, il examinait les passants de chaque côté de la rue engorgée par la circulation de la mi-journée. Il savait que, depuis le toit du restaurant, des agents du FBI équipés de fusils à lunette ne les quittaient pas des yeux.

— Bien sûr que non! répondit Maggie. Je reconnais que j'étais assez emportée, à l'époque, mais je me suis un peu assagie depuis.

— Vraiment? Je ne m'en étais pas aperçu! répliqua-t-il avec un sourire espiègle.

Baissant le ton, il ajouta:

— C'est bon à savoir.

Il se rappelait qu'autrefois, Maggie lui avait, à plus d'une reprise, jeté un objet à la tête parce qu'elle était en colère. Bien sûr, s'avoua-t-il tandis qu'un maître d'hôtel les escortait jusqu'à leur table, il l'avait sans doute mérité, car il la provoquait souvent, rien que pour la voir exploser de rage. Les réconciliations étaient tellement délicieuses, après... Il promena son regard sur le décor remarquable qui les entourait. Des portraits des anciens citoyens de la ville étaient accrochés au mur. Il y en avait même un de George Washington...

Maggie s'assit et prit le menu qu'un serveur lui tendait.

— Nous avons la meilleure table, Shep, dit-elle d'un air ravi. Regarde, ajouta-t-elle en pointant le doigt vers la fenêtre, la vue donne sur Reynolds Place. N'est-ce pas magnifique ?

— Ce que j'ai devant moi est encore plus beau, murmura Shep en refermant son menu.

Maggie rougit de façon délicieuse, et il éprouva une brusque envie de tendre la main vers elle, de défaire le chignon à la base de ce long cou adorable...

— Shep...

— C'est vrai, Maggie, affirma-t-il.

— Ce restaurant est l'un de mes endroits préférés, reprit-elle pour dissimuler sa gêne. Il est tellement chargé d'histoire...

— Et tu as toujours été férue d'histoire.

— Oui. Je le suis encore.

— Nous avons nous aussi une longue histoire derrière nous, tu sais.

— Veux-tu dire que nous sommes des antiquités ? s'enquit-elle en riant.

— Je n'ai rien voulu dire de tel, Maggie. Pour moi, tu es radieusement fraîche. Mais l'histoire nous aide à comprendre le passé, à reconnaître nos erreurs.

Elle se cabra devant cet aveu bourru et souhaita éperdument qu'il l'embrasse de nouveau. Shep avait repris un air triste après avoir prononcé ces mots, mais, avant qu'elle ait eu le temps de lui en demander la raison, une serveuse leur apporta les thés glacés qu'ils avaient commandés.

— Je crois que je vais réellement me régaler, dit Maggie avec un soupir d'aise.

A l'adresse de la serveuse, elle poursuivit :

— Je prendrai votre merveilleuse soupe de crabe, puis une salade César et des huîtres.

Shep la regardait, émerveillé par son enthousiasme, par son appétit pour tous les plaisirs de la vie.

— Et vous, monsieur? s'enquit la serveuse.

Shep regarda Maggie.

— Tu connais le restaurant. Commande pour moi.

Ravie, car c'était toujours ce qu'elle faisait autrefois, Maggie s'exécuta avec empressement.

— Cet homme est capable de dévorer la moitié d'un bœuf, si l'on n'y prend pas garde. Donnez-lui votre spécialité, les crevettes sautées au jambon et au gruau de maïs. Avant cela, il prendra également la soupe au crabe, et une salade au roquefort.

Shep se renfonça dans son siège, profondément satisfait. Maggie n'avait rien oublié de lui, pas même qu'il raffolait de la salade au roquefort. Encore un peu étourdi par le baiser qu'ils avaient échangé, et par le regain d'une flamme qu'il croyait éteinte depuis longtemps, il sentit une nouvelle détermination s'emparer de lui. Il avait perdu Sarah, mais il ne perdrait pas Maggie. Non... c'était impossible. Le rappel de ce terrible jour éteignit quelque peu sa joie présente. Si seulement il avait veillé plus attentivement sur Sarah... Si seulement il n'avait pas laissé la situation lui échapper des mains, Sarah serait peut-être encore en vie aujourd'hui. Eh bien, la tragédie ne se répéterait pas. Maggie était devant lui, et elle était vivante. Son cœur se serra d'effroi à la pensée que la balle d'un terroriste pourrait transpercer ce corps si voluptueux...

Par habitude, il fit du regard le tour de la vaste salle à manger, en se demandant pourquoi on lui accordait une deuxième chance auprès de Maggie. Elle l'avait embrassé avec tant de force et de douceur, tout à l'heure, et il gardait encore sur sa peau l'empreinte brûlante de sa peau à elle...

— Pourquoi cet air triste ? demanda Maggie, avant de boire une gorgée de thé.

Déconcerté, il la fixa un instant avant de se rappeler qu'elle avait toujours su lire en lui, quelque mal qu'il se donnât pour présenter un visage impassible.

— On ne peut rien te cacher, n'est-ce pas ? répondit-il en jouant distraitement avec l'argenterie. C'est vrai, je suis un peu triste...

— Pourquoi ? reprit Maggie en penchant la tête de côté.

— Après notre rupture, je me suis longtemps tenu à l'écart des femmes, commença-t-il, les yeux fixés sur la fourchette qu'il tenait à la main. Et puis, avec le temps, petit à petit, je suis redevenu plus sociable. Je n'ai jamais rencontré quelqu'un comme toi, donc, je ne me suis jamais marié... jusqu'à ce que...

Il fronça les sourcils avant de poursuivre :

— Quand j'ai commencé à travailler pour Persée, Morgan m'a assigné un partenaire. C'était une condition *sine qua non*. J'ai bien tenté de me rebeller, mais, comme je voulais absolument travailler pour lui, j'ai dû m'y résigner.

Levant les yeux vers elle, il expliqua :

— Ma partenaire était une femme appelée Sarah Collier. C'était une ex-tireuse d'élite des Marines, et elle était sacrément douée. Nous avons travaillé ensemble pendant trois ans, jusqu'à ce que je commette une erreur terrible, que je n'aurai jamais fini de payer.

Maggie posa les coudes sur la table et nicha son menton au creux de ses mains. C'était la douleur à l'état brut qu'elle lisait dans les yeux de Shep. Une souffrance terrible, et de la culpabilité, aussi...

— Que s'est-il passé, Shep? dit-elle d'une voix douce.

— Par ma faute, elle a été tuée lors d'une mission, répondit-il d'une voix blanche, en se forçant à la regarder. Nous étions entrés clandestinement en Macédoine pour retrouver une petite fille kidnappée par des Serbes. L'endroit était truffé de mines, des milliers, peut-être des millions...

Il haussa les épaules.

— Nous avons retrouvé la fillette. Elle était vivante, et indemne, Dieu merci. Nous étions poursuivis par les ravisseurs, quand nous sommes arrivés devant un champ. Sarah voulait le contourner, à cause des mines. J'ai pris la décision de le traverser. Je tenais la gamine dans mes bras, et nous nous sommes mis à courir parce que l'ennemi se rapprochait. Il nous suffisait de traverser ce champ, de gagner le couvert des arbres, pour être en sécurité...

Sa bouche se durcit, et il détourna les yeux.

— Dans ma hâte à vouloir gagner un peu de temps, j'ai mis notre vie à tous en danger. Je savais que le terrain était criblé de mines. Je le savais...

Ses doigts se crispèrent sur la fourchette avec tant de force que les articulations blanchirent.

— Sarah marchait en tête. Elle se trouvait à deux cents mètres environ devant moi, ouvrant la voie, prenant tous les risques...

Maggie ferma les yeux en voyant des larmes luire dans ceux de Shep.

— Oh, non... Ne me dis pas qu'elle a marché sur une mine ?

Il hocha la tête, les mots s'étranglant dans sa gorge. L'expression qu'il lisait sur le visage de Maggie lui donnait envie de pleurer. Elle était si sensible au malheur des autres... et au sien.

— Ne montre pas de compassion à mon égard, grommela-t-il. C'est à cause de moi que c'est arrivé. Si je n'avais pas été si pressé, elle serait en vie aujourd'hui...

— Avez-vous été blessés, la fillette et toi ?

— Non.

Avec douceur, Maggie déclara :

— Shep, je crois que Sarah savait ce qu'elle faisait. Elle connaissait les risques. Et qui sait si cette minute que vous avez gagnée en traversant le champ au lieu de le contourner ne vous a pas sauvé la vie ? Peux-tu vraiment être sûr de ne pas avoir pris la bonne décision, dans ces circonstances ?

D'un air las, il haussa les épaules.

— Il n'y a pas que cela, Maggie. Au fil des années, j'étais tombé amoureux de Sarah. J'avais enfin compris le sens de la vie. J'avais enfin trouvé quelqu'un qui te ressemblait un peu...

Il fixa sur Maggie un regard farouche.

— Mais ce n'était pas toi. Elle possédait certaines de tes qualités...

— Je suis convaincue que tu l'aimais pour de bonnes raisons, murmura Maggie.

Sans réfléchir, elle posa sa main sur celle de Shep.

— Je suis sincèrement désolée, Shep. Pour vous deux. Sarah devait être une femme très courageuse et compétente...

Il lui lança un regard circonspect.

— Je vais te dire une chose, petiote : je ne laisserai jamais cela se reproduire. Après la mort de Sarah, j'ai annoncé à Morgan que désormais je travaillerais en solo, ou sinon, je démissionnais. J'étais tellement rempli de chagrin et de culpabilité que tout m'était complètement égal. J'ai même sombré temporairement dans l'alcoolisme. Noyé mes remords dans le whisky. Il m'a fallu plus d'un an pour m'en sortir et, pour être franc, si Morgan n'avait pas été là pour me botter les fesses, je serais probablement encore écroulé au fond d'un bar en ce moment...

Le cœur empli de compassion, Maggie reprit :

— Ecoute-moi, Shep. Tu as sauvé la vie de cette enfant. Vous auriez pu y laisser également votre vie, elle et toi. As-tu essayé d'envisager les choses sous cet angle ?

Il dégagea sa main.

— Bien entendu. Mais la règle officielle était d'éviter les champs. Tout le monde savait qu'ils étaient truffés de mines. J'ai désobéi. Je me suis montré arrogant, j'ai cru que mon jugement était supérieur à celui des autres...

Tendrement, elle referma ses doigts sur sa main crispée.

— Tu fais souvent preuve d'arrogance. Mais la plupart du temps, ton jugement est effectivement le bon, Shep. Ce qui ne veut pas dire que tu n'écoutes pas l'avis des gens compétents...

— Comme tu l'as fait remarquer il y a longtemps, murmura-t-il, c'était l'un de mes défauts majeurs, l'une des raisons de notre rupture.

— Je m'en souviens très bien, dit-elle avec un léger rire. Tu avais toujours de bonnes idées, et moi jamais...

D'une voix grave, il affirma :

— Je ne te perdrai pas durant cette mission, Maggie. J'avais juré de ne plus jamais prendre de partenaire, et Morgan le savait. Mais quand il m'a montré ta photo et qu'il m'a dit que tu t'étais portée volontaire pour servir d'appât aux terroristes d'Aube Noire, mon cœur l'a emporté sur ma raison. J'ai déclaré à Morgan que j'acceptais cette mission, que je t'acceptais comme partenaire... Il a failli en tomber de son fauteuil. Il s'attendait à devoir argumenter pendant des heures pour me convaincre — mais il se trompait. Tu es si belle, Maggie, si vivante. Tu mérites la meilleure des protections. Si j'avais été prévenu plus tôt, je t'aurais persuadée de renoncer à cette entreprise. C'est trop dangereux. Tu pourrais te faire tuer...

Il s'agita sur son siège, mal à l'aise.

— Je suis venu parce que je veux que tu te sortes indemne de cette mission. J'ai beaucoup appris, depuis la mort de Sarah. Cette fois, je contrôlerai tout d'un bout à l'autre.

Maggie le dévisagea, et perçut dans sa voix de baryton une détermination inflexible.

— Shep, implora-t-elle doucement, ne dis pas que tu vas contrôler la situation. C'est sans doute ce qui t'a mis dans cette position vis-à-vis de Sarah. Si tu l'avais écoutée, les choses se seraient peut-être passées différemment. Ne le vois-tu pas ? Tu voulais la contrôler, elle, en même temps que la situation. Franchement, j'espère que tu tiendras compte de mon avis. Je te l'accorde, je ne suis pas une spécialiste des actions clandestines, mais j'ai deux yeux, une bonne intuition et une certaine dose de sens pratique. J'espère que tu m'écouteras, parce que nous formons une équipe, Shep.

Secouant la tête, Shep grommela :

— Il n'y a pas matière à discussion, Maggie. Je suis chargé d'assurer ta sécurité, et il est hors de question que je te mette en danger. J'ai déjà perdu une femme que j'aimais, et je ne vais certainement pas répéter cette erreur. Un point c'est tout.

Elle ouvrit la bouche, puis la referma. Que voulait-il dire au juste ? Qu'il ne pouvait pas lui faire confiance ? Qu'elle n'avait pas droit à la parole ? Que son avis ne comptait pas ?

Elle regimba intérieurement, mais contint son indignation. Pour le moment, Shep était comme un écorché vif, après l'évocation de ces souvenirs douloureux. Il se sentait coupable de la mort de Sarah, parce qu'il l'avait aimée. Toutefois, sa réaction ne signifiait pas forcément qu'il l'aimait, elle...

Du coin de l'œil, elle vit la serveuse s'approcher avec les assiettes de soupe fumante.

— J'ajourne cette discussion pour le moment, dit-elle à Shep, mais nous en reparlerons plus tard, d'accord ?

Il fut ébranlé par la fermeté de sa voix. Il n'avait plus affaire à une timide jeune fille de dix-huit ans ; non, c'était une femme mûre et sûre d'elle qui s'adressait à lui. Elle lui rappelait Sarah de façon troublante. Sarah était solide comme un roc, et l'on pouvait toujours se fier à elle. Elle n'avait jamais trahi la confiance de Shep durant leurs trois années de collabo-

70

ration. Non, c'était lui qui l'avait trahie... Eh bien, Maggie pensait peut-être pouvoir faire aussi bien que Sarah, mais elle se trompait. Elle avait besoin de sa protection, de son expérience à lui. Qu'elle le veuille ou non, il prendrait le commandement des opérations. Car il sentait confusément que, s'il réussissait à garder Maggie en vie, la culpabilité qu'il éprouvait vis-à-vis de Sarah s'en trouverait un peu atténuée. Oui, s'il l'amenait à bon port saine et sauve, les remords cesseraient peut-être de le dévorer vif, et il pourrait alors entrevoir une lueur d'espoir au bout du tunnel... Il n'en demandait pas davantage.

5.

Au moment où ils sortaient du restaurant, le téléphone portable de Shep se mit à sonner. Aussitôt, par réflexe, il poussa Maggie de côté, et se plaça entre elle et la porte vitrée — au cas où...

— Oui ? dit-il dans l'appareil.

Maggie sentait la tension qui émanait de lui ; elle vit ses yeux s'étrécir et prendre un éclat glacial. Comprenant que l'appel provenait du FBI, elle se dit qu'il s'agissait sûrement d'une mise en garde. Ses pensées se reportèrent alors sur les dangers qui les entouraient. Serrant la mallette dans sa main gauche, elle libéra sa main droite de manière à pouvoir sortir rapidement le pistolet rangé dans son sac à main. Dehors, tout semblait normal, mais Maggie savait que le principal atout des terroristes était leur faculté à se fondre dans l'environnement. Un terroriste professionnel ne se faisait jamais remarquer, pensat-elle sombrement, tandis que Shep éteignait le portable et le glissait dans la poche de son blouson.

— Des ennuis ? s'enquit-elle.

— Oui. Ils ont repéré une limousine noire qui a

fait quatre fois de suite le tour du pâté de maisons. Deux hommes se trouvent à bord. Les fédéraux sont en train de vérifier la plaque d'immatriculation. Nous ne bougerons pas d'ici avant d'en savoir plus.

Maggie songea qu'il ressemblait plus que jamais à un guerrier, à un chevalier d'une autre époque, dans son désir de la protéger. Le fait qu'il se fût automatiquement interposé entre elle et les portes de verre, tout à l'heure, ne lui avait pas échappé. Il se tenait légèrement voûté, les pieds bien écartés, comme un boxeur s'attendant à recevoir un coup. Elle sentit son cœur battre à toute allure, et s'avoua qu'elle avait peur. La gorge desséchée par la montée d'adrénaline, elle murmura :

— Les terroristes conduisent-ils toujours des voitures aussi luxueuses ?

— Pas nécessairement, répondit-il, les yeux rivés sur le flot lent de la circulation en face d'eux.

Il était 17 heures, à présent, et le trafic s'était considérablement accru.

— D'ordinaire, ils n'utilisent pas de véhicules haut de gamme, car ils sont trop voyants. Il n'y a donc sans doute pas lieu de s'inquiéter, mais je ne veux prendre aucun risque.

D'une manière ou de l'autre, songea Shep en lui-même, il se débrouillerait pour qu'elle sorte de cette aventure saine et sauve. Quand la mission serait accomplie, il demanderait — non, il exigerait — de passer un moment seul avec elle. Car, comprit-il brusquement, il désirait par-dessus tout rétablir une relation personnelle avec Maggie. Le souvenir de leur baiser lui brûlait encore les lèvres. Elle y avait répondu avec une ardeur égale à la sienne. Après toutes ces années, une étincelle avait jailli entre eux, ranimant la flamme dans son cœur enténébré. Pour lui, Maggie symbolisait une liberté qu'il n'avait connue qu'auprès d'elle. Oui, il voulait Maggie. Il la voulait tout entière — et au diable les conséquences...

Le téléphone portable sonna de nouveau, et Shep le sortit vivement de sa poche.

— Oui ? dit-il, les traits tendus.

Maggie regarda à travers les portes de verre, promenant son regard sur les toits des bâtiments en face d'elle. Elle n'aperçut aucun des agents qui y étaient embusqués pour assurer leur protection, et se dit qu'ils pratiquaient l'art du camouflage à la perfection.

— Je vois... merci, dit Shep.

Elle reporta son attention sur lui.

— Des problèmes ?

— Non. C'était une fausse alerte.

— Sans doute des touristes qui cherchaient une place pour se garer, dit-elle en souriant. A cette heure-ci, on peut tourner pendant des heures avant d'en trouver une.

Shep hocha la tête, puis s'avança pour lui ouvrir la porte.

— Allons-y. Mais restons vigilants. Tout ceci ne me dit rien qui vaille.

Tandis qu'ils descendaient la rue, Shep passa un bras autour de la taille de Maggie, et l'attira contre lui, dans un geste protecteur. Le soleil était accablant, et l'air saturé d'humidité. Au-dessus des immeubles, Maggie pouvait voir les cumulus s'amasser de façon menaçante. Il y aurait sans doute un orage ce soir, songea-t-elle fugacement...

Shep marchait à grandes enjambées, et, pour rester à sa hauteur, elle était presque obligée de courir. Il finit par s'en apercevoir et ralentit le pas. Maggie sourit en elle-même. Cela avait été merveilleux de parler avec lui, durant le repas. Pour une fois, il s'était montré ouvert et sincère, au lieu de se fermer comme à l'accoutumée. Ou peut-être la vie l'avait-elle rendu plus accessible qu'il ne l'était autrefois ? Elle espérait de tout son cœur que ce fût le cas.

— Je prends le volant, dit Shep en ouvrant la portière.

— Non, c'est mon tour.

— Maggie...

— Hé, c'est à moi de conduire, tu te rappelles ?

Le visage crispé, Shep scruta le parking qui se remplissait à présent de gens venant dîner au restaurant. A ses yeux, chacun d'eux était une menace potentielle. Et quand Maggie voulut s'asseoir à la place du conducteur, il perdit patience et l'empoigna par le bras.

— Pas maintenant, Maggie. Nous nous disputerons plus tard.

Se dégageant avec brusquerie, elle le foudroya du regard.

— Sers-toi de ta tête, Hunter. Je connais cette ville, contrairement à toi. Si nous sommes attaqués, qui saura emprunter les petites rues et semer les poursuivants ? Certainement pas toi.

Fronçant les sourcils, il la regarda s'installer au volant d'un air belliqueux. Il fut un instant tenté de l'arracher du siège et... Non. Le moment était mal choisi pour se quereller. C'était exactement comme autrefois, quand ils vivaient ensemble... Ne comprenait-elle pas que c'était à lui de décider, parce qu'il avait l'habitude de ce genre de situation ? Frustré, il fit le tour du véhicule, ouvrit la portière à la volée et s'assit du côté passager.

Maggie actionna le démarreur. Elle sentait la colère qui irradiait de Shep comme des ondes électriques.

— Je sais où se trouve la pension de famille où nous devons passer la nuit, dit-elle.

— J'ai changé d'avis, déclara-t-il d'une voix revêche, en sortant son téléphone portable. Nous n'allons pas là-bas. J'ai un mauvais pressentiment.

— Mais..., protesta Maggie, interloquée. Les agents du FBI nous y attendent. Nous y serons en sécurité...

— Le FBI n'est pas une garantie, Maggie.

Parlant dans le téléphone, il reprit :

— Oui, je préfère éviter la pension de famille. Nous irons jusqu'à Hilton Head Island et choisirons un hôtel au hasard. Ce n'est qu'à une heure d'ici. Si nous sommes suivis, cela déroutera nos poursuivants. Si nous semblons faire des cibles trop faciles, ils pourraient avoir des soupçons et flairer le piège. S'ils croient au contraire que nous risquons de leur échapper, ils oublieront toute prudence.

Maggie se laissa aller contre le dossier du siège, attendant qu'il ait terminé pour exploser.

— Tu préfères éviter un endroit sûr, uniquement parce que je ne te laisse pas conduire ?

— Ce n'est pas pour cette raison que j'agis ainsi, Maggie, répondit-il en regardant autour de lui. Partons d'ici. Tu sais comment te rendre à Hilton Head par l'autoroute ?

— Bien entendu, dit-elle en secouant la tête d'un air excédé, tandis qu'elle passait la marche arrière pour sortir du parking.

Grâce à sa parfaite connaissance de la ville, ils eurent tôt fait de gagner la périphérie. Il était 17 h 30, et la nuit ne tomberait pas avant plusieurs heures. Le moyen d'accès le plus rapide à Hilton Head était une autoroute à quatre voies relativement peu fréquentée, et, si on les suivait, ils s'en apercevraient facilement.

Des nuées menaçantes s'amoncelaient dans le ciel, et Maggie se demanda si l'orage éclaterait avant qu'ils soient arrivés à destination.

Shep continuait à surveiller les véhicules qui les entouraient. Il savait que quelque chose n'allait pas; il le sentait dans ses tripes. Il n'aurait pu dire de quoi il s'agissait exactement, mais il avait l'impression que les terroristes n'étaient pas loin. Son instinct lui avait sauvé la vie trop de fois pour qu'il le mît en doute. Il observa à la dérobée le profil obstiné de Maggie. Il savait qu'elle pensait qu'une fois de plus, il avait voulu prendre le contrôle, estimant son jugement supérieur à celui des autres. Eh bien, elle avait tort.

— Je crois réellement que nous commettons une erreur, Shep, déclara-t-elle. Tu remets en cause ce qui était prévu pour nous lancer dans l'inconnu.

Désignant les nuages en face d'eux, elle ajouta :

— Par-dessus le marché, il va sûrement y avoir un orage dans la région de Hilton Head, ce qui aggrave la situation. Avec le tonnerre, nous ne pourrons même pas entendre les terroristes approcher.

— Tes critiques ont été dûment enregistrées, dit-il d'un ton sarcastique. Tu pourras les noter dans ton rapport, une fois que nous serons sortis indemnes de ce guêpier.

— Je n'apprécie pas ton ironie, répliqua-t-elle. Tu essaies une fois de plus de me rabaisser, exactement comme autrefois. Bon sang, s'écria-t-elle en crispant ses doigts sur le volant, tu ne changeras donc jamais ! Moi qui espérais que tu étais devenu plus raisonnable...

— Maggie... je t'en prie...

— Tu n'as même pas pris la peine de me consulter, Shep. Tu te fiches complètement de ce que je peux penser, et c'est cela que je ne peux pas supporter. J'ai trente-six ans, figure-toi, et une certaine expérience. Tu devrais peut-être en tenir compte, au lieu de me traiter comme quantité négligeable.

Levant la main en un geste d'apaisement, Shep garda l'œil fixé sur la circulation qui s'était considérablement réduite à présent. L'autoroute s'étirait devant eux, quasiment déserte.

— Ecoute, j'ai pris une décision stratégique. Tu dois me faire confiance, dans des moments comme celui-ci. Mon instinct ne me trompe jamais, Maggie.

Il lui lança un regard noir avant de poursuivre :

— Je suppose que tu vas me parler de l'intuition féminine, mais l'intuition masculine existe aussi, crois-moi.

— Tu es très doué pour faire valoir ton point de vue et démontrer que tu as raison, Hunter, rétorqua-t-elle d'une voix triste. Simplement, tu me déçois, c'est tout. Et si tu t'imagines que tu vas continuer à décider de tout sans me demander mon avis, tu te trompes lourdement.

D'un ton las, il répondit :

— Ne gaspillons pas notre énergie, tu veux bien ? Nous sommes d'accord sur le fait que nous ne sommes pas d'accord. Restons-en là.

Comment avait-elle pu prendre tant de plaisir à l'embrasser il y avait quelques heures seulement, et se voir traitée ainsi maintenant ? Maggie savait qu'elle ne réagissait pas de façon excessive. La décision de Shep pouvait leur coûter la vie, et elle ne se comportait pas de manière déraisonnable en le critiquant. Mais il ne comprenait pas. Il ne comprenait jamais.

— Très bien, dit-elle d'un ton amer. Je me tairai. Mais si j'ai le moindre doute à propos de tes décisions, Hunter, je ne me priverai pas de t'en informer. Et la prochaine fois, je me montrerai nettement moins conciliante. Compris ?

A la lueur qui étincelait dans ses yeux noisette, il vit qu'elle ne plaisantait pas.

— Compris, répondit-il. J'essaierai de t'écouter.

Aucun risque que cela arrive, ajouta-t-il en lui-même. Puis, revenant à des préoccupations plus immédiates, il étudia les cartes de la région sur l'ordinateur de bord.

Un silence tendu s'installa entre eux. Bientôt, la lumière changea, et Shep, levant les yeux, constata que de gros nuages gris occultaient le soleil. Pourvu qu'il ne pleuve pas ! se dit-il. Maggie avait eu raison de dire que la pluie et le tonnerre avantageraient les terroristes, en leur permettant d'approcher sans être entendus.

Ecartant ses appréhensions, Shep prit une profonde inspiration. Il se sentait mieux, maintenant qu'ils avaient repris la route. Les cibles mouvantes étaient plus difficiles à atteindre. Au FBI de se débrouiller à présent pour les devancer à Hilton Head. Mais cela faisait partie de leur métier. Dans cette mission, c'était à lui, Shep, qu'appartenait la décision. Si les agents du FBI étaient contrariés, les terroristes le seraient aussi. Et c'était bien ce qu'il escomptait. Les membres d'Aube Noire ne se douteraient jamais qu'on leur avait tendu un piège — ils seraient trop occupés à tenter de ne pas se laisser distancer.

Profondément irritée, Maggie essayait de concentrer son attention sur la route. Une bretelle de sortie les amena en vue de l'île, lieu de villégiature favori des gens riches et célèbres. Des amis de Maggie y avaient leur résidence.

— As-tu la moindre idée de l'endroit où nous allons passer la nuit ? s'enquit-elle d'un ton glacial.

Au-dessus d'eux, le ciel était de plus en plus sombre et agité. Bientôt, l'orage se déchaînerait dans toute sa fureur. La circulation était de nouveau très dense : il était près de 18 h 30, l'heure à laquelle les touristes quittaient l'île, et où les résidents essayaient de rentrer chez eux.

— D'après l'ordinateur, j'ai le choix entre plusieurs solutions, répondit Shep.

— Et si tu me demandais mon avis ? J'ai vécu ici. Je connais cette île comme ma poche. Tu vois, Shep ? Même maintenant, tu préfères encore te fier à ce fichu ordinateur plutôt que de me consulter.

— Bon, tu as raison, dit-il en lui lançant un regard d'excuse. Alors, que suggères-tu ?

— Je pense que nous devrions rester à proximité de la 278, la seule route nous permettant de quitter l'île en cas de danger. Nous devrions nous rendre dans le quartier de la Plantation. On y trouve des quantités de villas à louer, et c'est bien le diable s'il n'en reste pas une de libre. Bien que ce soit la haute saison, il y a toujours des annulations de dernière minute.

Etreignant nerveusement le volant, elle ajouta :

— Il faut courir le risque. Nous serons peut-être obligés de faire le tour des agences de location...

— L'idée me paraît bonne, dit Shep en haussant les épaules.

Il savait que le FBI pouvait les localiser à tout moment. La voiture était équipée d'un émetteur transmettant leur position à un satellite, qui la retransmettait au QG mobile. La camionnette se trouvait actuellement à quinze kilomètres derrière eux, et les agents qui étaient à son bord pouvaient appeler des renforts instantanément. Cette pensée le reconforta.

— Je vais essayer de trouver un logement à Skull Creek Marina, sur la côte nord, poursuivit Maggie. Si la situation devient critique, nous pourrons toujours nous enfuir en bateau. Je ne pense pas qu'Aube Noire ait un yacht amarré ici, et toi ?

— C'est extrêmement judicieux, en effet, de prévoir un autre moyen de transport, en cas de besoin, concéda Shep.

Il vit Maggie se rengorger sous le compliment. Elle avait raison : il devait la faire participer davantage aux décisions. Elle connaissait la région mieux que lui, et il devait mettre à profit cette compétence.

Il leur fallut un quart d'heure pour atteindre la marina, qui abritait toutes sortes d'embarcations, des yachts de milliardaires aux plus humbles barques de pêche. Sous le ciel d'orage, la surface de l'eau ressemblait à du marbre noir.

— Il y a une résidence très agréable tout près d'ici, reprit Maggie. Le Domaine du Héron Bleu.

— Essayons toujours.

— Ce sont des villas pieds dans l'eau, poursuivit-elle, et ce serait idéal en cas de retraite précipitée.

— Bien vu, approuva-t-il.

Pourquoi diable ne l'avait-il pas consultée davantage ? Elle avait la tête sur les épaules, c'était indéniable.

Il savait très bien pourquoi : à cause de Sarah. A cause de l'erreur tragique qu'il avait commise avec elle... Se frottant la mâchoire pour cacher son embarras, il regarda les maisons serrées les unes contre les autres, et dont chacune valait probablement quelques millions de dollars. Au-dessus d'un immeuble de deux étages peint en bleu, une pancarte proclamait : « Domaine du Héron Bleu. »

— Pas mal, dit-il, pendant que Maggie se garait devant le bâtiment.

— Espérons qu'il y aura eu une annulation, dit-elle en coupant le contact.

— Nous n'allons pas tarder à le savoir.

— Je crois que tu nous portes bonheur, dit Shep quand ils eurent regagné la voiture.

Ils avaient en effet eu de la chance : une famille avait annulé sa réservation, et une villa se trouvait disponible. Shep enregistra l'adresse sur l'ordinateur portable et la transmit au QG par e-mail. Dans l'heure qui suivrait, le FBI aurait établi un nouveau cordon de sécurité autour d'eux.

Maggie eut un sourire satisfait en garant la voiture dans le parking situé en contrebas de la résidence.

— C'est agréable d'être ici. J'aime tellement l'océan...

Comme elle ouvrait sa portière, le premier roulement de tonnerre se fit entendre. Ils se hâtèrent de sortir leurs bagages du coffre et se dirigèrent vers l'escalier menant à la villa. Des palmiers, des cyprès et des chênes entouraient les constructions, auxquelles de hautes haies assuraient une certaine intimité.

La villa 214 comportait deux chambres à gauche de l'entrée, et une autre au bout d'un long couloir. Le décor était très gai, avec des meubles en bambou et des coussins à l'imprimé exubérant. La cuisine était peinte en jaune vif, et il y avait un bar qui pouvait servir de coin repas, ainsi qu'une salle à manger avec une immense table de verre.

— Très joli, apprécia Maggie en s'avançant dans le couloir.

— Attends! dit Shep en levant la main.

Après avoir verrouillé la porte derrière eux, il reprit, montrant les chambres sur la gauche :

— Restons ensemble. Prends l'une de ces deux chambres. S'il arrive quelque chose, il vaut mieux ne pas se séparer, vu?

— D'accord..., murmura Maggie, hésitante.

Les chambres, visiblement destinées aux enfants, étaient équipées de lits jumeaux. Maggie choisit celle qui était peinte en vert et, d'un geste las, posa la mallette sur l'un des lits.

Passant la tête par la porte, elle annonça :

— Je vais prendre une douche bien chaude, Hunter. Ne me dérange pas, sauf si quelqu'un essaie d'enfoncer la porte, O.K. ?

Il s'avança vers elle, et constata qu'elle semblait épuisée. Elle avait les traits fatigués et des cernes apparaissaient sous ses beaux yeux mordorés.

— Entendu. Prends tout ton temps. Je monterai la garde. Quand tu auras terminé, ce sera mon tour.

Maggie se surprit à penser qu'il aurait été bien agréable de prendre une douche ensemble. C'était l'une de leurs activités favorites, autrefois, après avoir fait l'amour. La plupart du temps, il en résultait une nouvelle étreinte, sous le jet bienfaisant... C'est alors qu'elle aperçut une lueur dans les yeux de Shep, et comprit qu'il songeait à la même chose qu'elle. Elle sentit ses joues s'enflammer. Bon sang, elle rougissait de nouveau ! Se détournant, elle murmura :

— Si tu commandais une pizza, ou quelque chose comme ça ? Nous avons déjeuné tard, mais il n'y a rien à manger ici, et je n'ai pas envie de ressortir.

— Bonne idée, dit-il en hochant la tête. Mais si nous en discutions plus tard ?

Quand elle ressortit de sa chambre, environnée d'un délicat parfum de savon au jasmin, Shep était assis sur le canapé, des cartes routières étalées devant lui sur la table basse de verre. Lorsqu'il leva les yeux vers elle, elle fut troublée par l'intensité de son regard, et passa nerveusement ses doigts dans ses cheveux encore humides. Il la désirait, et c'était pour elle une merveilleuse découverte. Elle sentit son corps se tendre et sut qu'elle brûlait d'envie de l'embrasser encore. Mais la situation ne l'autorisait pas, et, à cet instant, Maggie comprit toute la futilité du jeu auquel ils se livraient. Un éclair illumina le ciel, derrière la porte-fenêtre ouvrant sur une spacieuse terrasse.

— Cette fois, nous n'y couperons pas, murmurat-elle en s'asseyant sur un tabouret, face au bar.

C'était vrai, et de plus d'une façon, se dit Shep en la regardant. Comme elle était désirable, avec sa peau encore rosie par la chaleur, et ses cheveux ébouriffés ! Même sans aucun maquillage, elle était incroyablement belle...

— Je vais aller chercher cette pizza dont tu parlais tout à l'heure, déclara-t-il brusquement. Je préfère m'en charger moi-même, plutôt que d'ouvrir la porte à un inconnu.

Pointant un doigt vers la carte de l'île, il ajouta :

— Il y a une pizzeria dans la marina, tout près d'ici... Tu aimes toujours les anchois sur la pizza ?

— Toujours, répondit-elle en souriant. Moitié anchois, moitié poivrons, d'accord ?

Shep eut l'impression d'être revenu au bon vieux temps. Il détestait les anchois, Maggie en raffolait. Sur ce chapitre, comme sur tout le reste, ils s'opposaient sans cesse.

— Tu n'as rien oublié, dit-il d'un air étonné, tout en enfilant son blouson.

La main sur la poignée de la porte, il se retourna pour annoncer :

— Je frapperai trois coups, et je te donnerai le mot de passe. Tu pourras alors ouvrir la porte. Sinon, ne réponds sous aucun prétexte. Et ne réponds pas non plus au téléphone.

Il posa sur elle un regard scrutateur, et voyant qu'elle n'appréciait guère de recevoir des ordres, ajouta :

— S'il te plaît...

— Entendu, je ne répondrai pas, dit Maggie, dont l'expression s'était quelque peu radoucie.

— Cela devrait me prendre vingt ou vingt-cinq minutes, déclara-t-il en ouvrant la porte, avant d'examiner attentivement les parages.

— Tu vas te faire tremper, Hunter.

— Ma foi, je l'aurai bien mérité, non ? Cela m'apprendra à n'en faire qu'à ma tête.

— Certes. Nous aurions pu passer une soirée tranquille à Savannah, dans une douillette pension de famille...

— Nous sommes mieux ici, affirma-t-il d'un ton convaincu.

Il avait résolu de ne pas révéler à Maggie la teneur du message qu'il avait reçu pendant qu'elle prenait sa douche : le FBI avait été retardé par un accident sur l'autoroute. Il ne voulait pas qu'elle s'inquiète en apprenant qu'ils étaient provisoirement sans protection. De toute façon, si elle suivait ses instructions, il ne lui arriverait rien en son absence...

— A tout de suite, dit-il avant de s'éloigner.

Maggie verrouilla soigneusement la porte derrière lui, puis décida de regarder la télévision. Elle s'assit sur le canapé, ôta ses souliers et s'étira avec un soupir d'aise. Fermant les yeux, elle se promit de ne pas s'assoupir, mais au bout de quelques minutes, le stress et la fatigue du voyage finirent par avoir raison d'elle...

***

Des coups violents frappés contre la porte la réveillèrent en sursaut. Dehors, le tonnerre grondait toujours, et la foudre zigzaguait dans le ciel. Encore hébétée de sommeil, Maggie regarda sa montre. Il ne s'était écoulé qu'un quart d'heure depuis le départ de Shep.

— Ouvrez! cria une voix grave. FBI! Docteur Harper, ouvrez! C'est le FBI!

Indécise, Maggie courut vers la porte. Devait-elle ouvrir? Où était donc Shep? Il était en retard. Oh, Seigneur, pourquoi s'était-elle endormie?

— Docteur Harper? répéta la voix. Ouvrez! C'est le FBI. Il s'est passé quelque chose. Vous êtes en danger. Ouvrez!

Le cœur de Maggie se mit à battre plus vite. La bouche sèche, elle regarda à travers l'œilleton, et vit un homme vêtu de bleu marine, avec une casquette frappée du sigle FBI en lettres jaunes. Il semblait âgé de quarante-cinq ans environ, et ses yeux se plissaient sous l'effet de la tension. Devait-elle lui ouvrir? Shep le lui avait expressément interdit...

— Que s'est-il passé? demanda-t-elle à travers la porte.

— Madame, votre partenaire, Shep Hunter, a été blessé. Les terroristes lui ont tiré dessus. Ouvrez! Vous êtes en danger! Nous devons vous protéger.

Shep! Avec un gémissement, elle s'apprêta à tirer le verrou, puis se ravisa. Etait-elle folle? Elle ne suivait pas la procédure! Qui lui disait que cet homme était bien du FBI?

— Donnez-moi le mot de passe! cria-t-elle.

Elle attendit, le souffle court, les mains crispées contre son sein.

— Alpha bravo whisky! répondit l'homme. Et maintenant, ouvrez! Il y a un blessé. Nous avons besoin de vous, docteur Harper!

C'était bien le mot de passe. De ses doigts tremblants, elle tourna le verrou, ôta la chaîne de sécurité et abaissa la poignée... Avant qu'elle ait eu le temps d'ouvrir la porte, l'homme la poussa de tout son poids. Maggie fut projetée sur le sol, la respiration coupée. Hébétée, elle contempla les deux hommes qui venaient de faire irruption dans la villa — le premier, portant l'uniforme du FBI, l'autre en civil. Ce dernier avança la main vers elle et, paniquée, elle tenta de se redresser pour lui échapper.

— Pas de ça, docteur Harper, dit l'homme, avec un fort accent britannique, en braquant sur elle un pistolet. Relevez-vous bien gentiment. Allez, plus vite que ça!

Il avait les cheveux noirs, grisonnants aux tempes, les yeux verts, et Maggie se dit qu'il lui paraissait familier. L'autre ôta sa casquette et son blouson d'uniforme. En dessous, il portait un T-shirt rouge.

— Vous êtes trop confiante, docteur Harper, dit-il d'un ton sarcastique, sa voix grave à présent teintée d'un accent slave.

Pétrifiée, terrifiée, Maggie le regarda se ruer vers sa chambre, où la mallette gisait sur le lit, en évidence.

— Qui êtes-vous? bredouilla-t-elle. Vous n'êtes pas du FBI! Comment connaissiez-vous le mot de passe?

Et soudain, elle reconnut l'individu qui la tenait en joue. C'était un scientifique qu'elle avait rencontré à plusieurs reprises, lors de conférences ; elle l'avait même entendu faire des exposés sur les épidémies d'anthrax.

— Vous... vous êtes le Dr Bruce Tennyson, de Grande-Bretagne. Je... je ne comprends pas. Que faites-vous ici ?

Avec un petit rire, l'homme sortit de sa poche une paire de menottes, et tordit les mains de Maggie derrière son dos.

— Effectivement, docteur, nous ne sommes pas du FBI, et je suis bien Bruce Tennyson. A votre service.

— Et Shep ? dit Maggie d'une voix tremblante. Est-il gravement blessé ?

— C'était également un mensonge, docteur. Venez. Vous allez nous accompagner. Romanov ! appela-t-il par-dessus son épaule.

— J'ai la marchandise ! cria l'autre depuis la chambre, d'un ton triomphant. Tout est là.

— En es-tu sûr ? s'enquit Tennyson, tout en poussant Maggie vers la porte.

— Absolument ! répondit Romanov en les rejoignant, le visage fendu d'un large sourire. L'affaire est dans le sac !

— Ne te réjouis pas trop vite, riposta Tennyson. Nous devons d'abord partir d'ici. Allons-y, docteur Harper !

Maggie jeta derrière elle un regard éperdu. La porte de la villa était restée grande ouverte. Shep ! Oh, Seigneur, elle avait fait exactement le contraire de ce qu'il fallait ! Maintenant, elle était aux mains

90

de leurs adversaires... Mais comment diable connaissaient-ils le mot de passe ? Elle n'aurait jamais ouvert la porte sans cela. Tennyson lui enfonça brutalement le canon de son arme entre les omoplates pour l'obliger à accélérer le pas, et elle ne put réprimer un tressaillement de douleur.

— C'est trop beau ! exulta Romanov. Nous avons l'éprouvette, et le docteur ! Le FBI ne va pas être content, hein, mon vieux ?

Tennyson eut un mince sourire, tout en ouvrant la porte donnant sur l'escalier qui menait au garage.

— Pas content du tout, docteur Romanov. Pas content du tout. As-tu pensé à laisser notre carte de visite ?

— Bien sûr, répliqua le Russe en dévalant les marches, sous l'averse cinglante. Ils sauront ainsi qu'Aube Noire détient l'anthrax et le Dr Harper. L'autre agent risque d'avoir de sérieux ennuis, ajouta-t-il avec un rire mauvais. Il nous a indéniablement facilité la besogne...

6.

Assise à l'arrière de la camionnette blanche, Maggie grelottait de façon irrépressible. Le tissu de sa blouse adhérait à sa peau; elle était trempée de la tête aux pieds, après avoir dû courir sous un véritable déluge jusqu'au véhicule des terroristes — qui était une copie conforme du QG mobile utilisé par le FBI. Mille questions se bousculaient dans sa tête. Réfléchir. Elle devait réfléchir !

Elle tenta de contrôler sa respiration. La camionnette était munie de vitres teintées, de sorte que les passants ne pouvaient voir ce qui se passait à l'intérieur. Un frisson de peur parcourut Maggie, tandis qu'elle examinait l'homme qui venait de les rejoindre. Petit et maigre, il avait le type sud-américain, et quelque chose dans son comportement disait à Maggie qu'il s'agissait d'un tueur, et non d'un scientifique comme Tennyson et Romanov. Elle n'arrivait toujours pas à croire que Tennyson qui, cinq ans auparavant, était considéré comme un expert sur les épidémies d'anthrax, était en train de voler ce qu'il croyait être des bactéries d'anthrax génétiquement modifiées, dans un but meurtrier...

Bouleversée, elle tenta de discerner quelque chose à travers les vitres. L'orage avait redoublé de violence, et la pluie tombait maintenant presque à l'horizontale, de sorte qu'elle ne vit pratiquement rien. Ils traversaient la marina en roulant à faible allure, sans doute pour ne pas attirer l'attention. Où était donc Shep? Pourquoi avait-il été retardé? En proie au vertige, elle détourna la tête, et croisa le regard farouche du Sud-Américain, qui lui fit penser à celui d'un cobra cherchant à hypnotiser sa proie...

Réprimant la terreur qui l'envahissait, elle demanda d'un ton suppliant :

— Ne pourriez-vous pas au moins m'ôter ces menottes, à présent? Elles coupent la circulation sanguine, mes bras et mes mains sont complètement engourdis.

Tennyson, assis à l'avant à côté de Romanov qui conduisait, se tourna vers elle et dit :

— Juan, enlève les menottes du Dr Harper, et remets-les-lui, mais par devant, cette fois.

Maggie déglutit nerveusement quand l'homme fit un mouvement vers elle, tel un serpent déroulant ses anneaux. Se penchant légèrement en avant, elle lui tourna le dos pour lui faciliter la tâche.

— *Señorita*, murmura-t-il d'un ton menaçant, ne prenez surtout pas cela comme une invitation à essayer de vous enfuir.

Maggie frémit au contact de ses mains brutales, puis ramena lentement ses bras devant elle. Après lui avoir de nouveau emprisonné les poignets, Juan se renfonça dans son siège et dit en souriant :

— Quelle agréable surprise de vous avoir près de nous, *señorita*. Le Dr Tennyson pensait qu'il serait

94

impossible de vous capturer vivante, et vous voilà ici.

Maggie essayait de penser de façon cohérente. La camionnette venait de s'engager sur la route principale ; en face d'eux se profilait le pont reliant l'île au continent. Shep allait trouver la villa déserte, et n'aurait pas la moindre idée de ce qui s'était produit...

— Bruce, s'enquit-elle d'une voix étranglée, comment vous êtes-vous procuré le mot de passe ?

Avec un rire indulgent, il se tourna vers elle et, du ton d'un adulte s'adressant à une enfant ignorante, répondit :

— Docteur Harper... puis-je vous appeler Maggie ? Nous avons toujours entretenu des relations cordiales, quand nous nous rencontrions lors de ces conférences à travers le monde...

Instinctivement, Maggie comprit que le seul moyen pour elle de s'en sortir, c'était de leur faire croire qu'elle ne tenterait pas de s'échapper. Ce qui était totalement faux, évidemment, car elle était bien décidée à s'enfuir à la première occasion...

— Oui... bien sûr... appelez-moi Maggie.

Avec un sourire affable, Tennyson se tourna alors vers Romanov.

— Tu vois ? Je te l'avais bien dit. Elle est des nôtres ; simplement, elle ne le sait pas encore.

— Nous verrons, dit Romanov avec un haussement d'épaules, en appuyant sur l'accélérateur.

L'orage était derrière eux, à présent, et le soleil se mit à briller quand ils s'engagèrent sur le pont.

Bruce se tourna de nouveau vers Maggie, et, avec un sourire triomphant, reprit :

— Eh bien, ce n'était pas très difficile, ma chère. Ce que le FBI ignore, c'est que nous avons introduit une taupe chez eux. Nous sommes informés quotidiennement des mots de passe depuis que nous avons commencé à vous filer.

— Une taupe ? répéta Maggie, sidérée. Qui cela ?

— *Señorita*, vous ne nous croyez quand même pas assez stupides pour vous dévoiler son identité ? répondit Juan.

— Elle est un peu naïve, voilà tout, gloussa Bruce. Chère Maggie aux cheveux d'or, nous ne vous divulguerons aucun nom.

— Parce que vous avez l'intention de me tuer, tôt ou tard ? s'enquit-elle.

Persuadée qu'il allait répondre par l'affirmative, elle tenta fébrilement d'imaginer un moyen de leur fausser compagnie. La camionnette comportait trois issues : deux portières à l'avant, et une double porte à l'arrière. Mais il n'y avait pas de portes latérales, ce qui rendait toute fuite impossible. En outre, elle avait les mains entravées...

— Oh, Seigneur, non ! s'exclama Bruce d'un ton faussement horrifié. Maggie... vous êtes l'une des meilleures virologues au monde.

Se rengorgeant, il se tapota la poitrine d'un air assuré.

— Quant à moi, je suis le meilleur dans mon pays, la Grande-Bretagne. Et Alex, comme vous le savez sûrement, compte parmi les élites scientifiques de sa patrie, la Russie.

— Et lui ? s'enquit Maggie, avec un regard vers le sombre Juan.

— Le capitaine Juan Martinez est originaire du

Brésil, ma chère. Il est également membre d'Aube Noire. Vous pouvez le considérer comme votre garde du corps, et notre ange gardien, en quelque sorte... Quoique, ajouta-t-il d'un air suffisant, nous ayons tous suivi un entraînement intensif au combat en Afghanistan, avec quelques-uns des meilleurs bioterroristes internationaux. Nous avons réussi un joli coup, en nous emparant de vous et de la mallette !

Maggie sentit son cœur se serrer en pensant à Shep — à ce qui aurait pu être, et ne serait sans doute jamais. En dépit de leurs querelles, de tout ce qui les séparait, elle l'aimait toujours. Elle pouvait bien se l'avouer, à présent, puisqu'elle allait sans doute mourir bientôt... La seule chose qui la consolait, c'était que Shep n'eût pas été là quand les terroristes étaient passés à l'attaque. Au moins, lui aurait la vie sauve...

— Et si mon partenaire avait été là, demanda-t-elle, l'auriez-vous emmené, lui aussi ?

— Lui ? dit Bruce en fronçant le nez. Bien sûr que non. Ce n'est qu'un mercenaire. Il ne possède pas votre science, chère Maggie.

— Non, renchérit Alex avec un plaisir non déguisé. Nous l'aurions abattu.

Une frayeur glacée s'empara de Maggie. Une nouvelle fois, elle essaya de réfléchir, de rassembler ses idées, mais c'était difficile...

Ils avaient franchi le pont, maintenant, et elle constata que Romanov prenait la direction du nord.

— Où allez-vous ? demanda-t-elle.

— Vous le verrez bien, répliqua Bruce d'un ton sec.

— C'est un enlèvement. Pourquoi ne me relâchez-vous pas ? Vous avez l'anthrax, n'est-ce pas ce que vous vouliez ?

— Maggie, déclara Bruce en souriant, j'aimerais vivement vous inviter à vous joindre à nous.

— Quoi ? s'exclama Maggie, stupéfaite.

Avec un haussement d'épaules éloquent, le Britannique reprit :

— Pourquoi pas ? Réfléchissez, Maggie. Aube Noire compte dans ses rangs cinquante des plus brillants scientifiques du monde entier — virologues, microbiologistes, physiciens et biologistes. Nous ne sommes pas aussi redoutables que vous le croyez, ma chère. Nous sommes simplement un groupe de gens qui ne supportons plus de voir le monde courir à sa perte. Nous voulons changer cela — et nous le pouvons. Nous avons conçu un plan global pour nous débarrasser de cet environnement infect dans lequel nous sommes contraints de vivre. Nous voulons un monde pacifique, Maggie. Pas ce monde actuel, empli de haine, de préjugés et de violence, où les meurtriers échappent à la peine de mort et à la prison à vie. Non, poursuivit-il, en étrécissant les yeux, nous voulons purifier le monde et recommencer de zéro. Et nous disposons des connaissances et des moyens nécessaires pour effectuer ce grand nettoyage.

En l'écoutant, Maggie sentit son sang se glacer. Il était fou. Ils l'étaient tous, autant qu'elle pouvait en juger. Mais elle n'osa cependant pas exprimer la répulsion que lui inspiraient de telles idées.

— En répandant l'anthrax, vous comptez exterminer des populations entières ?

— Oui, et sur toute la surface du globe, répondit

Bruce d'un ton satisfait. Nous avons déjà procédé à un essai sur un village indien, au Brésil. Ce fut un succès. Cinquante pour cent des villageois sont décédés.

Fronçant les sourcils, il poursuivit :

— Le seul problème, c'est que notre laboratoire a explosé, lors d'une attaque par les forces secrètes du gouvernement américain, et tous nos efforts ont ainsi été réduits à néant. Le professeur qui dirigeait le projet a également été capturé. Et il se trouve malheureusement en ce moment dans une prison de Washington. C'est la raison pour laquelle nous avions besoin de ces bactéries génétiquement modifiées, expliqua-t-il en montrant la mallette. Nous avions perdu tout notre stock. A présent, nous allons les emporter dans notre nouveau labo clandestin, en Albanie, et nous pourrons effectuer de nouveaux essais, avant de passer à l'action sur une plus grande échelle. Nous prendrons d'abord pour cible une grande ville américaine et, une fois que l'opération aura réussi, nous enverrons nos membres répandre l'épidémie aux quatre coins de la planète

Heureusement, se dit Maggie, ils ne disposaient pas des vraies bactéries, et cette pensée la réconforta quelque peu. Ce qui se trouvait dans cette éprouvette étaient de simples bacilles *E.coli*, et non une culture d'anthrax. Mais il leur faudrait quelques jours pour s'en apercevoir, et cela laissait donc à Maggie un peu de temps devant elle — ainsi qu'à Shep et au FBI. Shep ! De nouveau, une douleur aiguë lui étreignit le cœur. Pourquoi ne lui avait-elle pas dit combien il comptait pour elle ? Elle était aussi entêtée que lui, quand il s'agissait de brandir le drapeau blanc et d'avouer ses sentiments véritables. En le revoyant, elle avait subi la plus délicieuse des défaites. Le baiser qu'ils avaient échangé avait ressuscité l'ancienne magie, tous ces trésors d'amour qui avaient été les leurs, et qui auraient pu le redevenir... Mais tous ces espoirs étaient anéantis, à présent. Elle était prisonnière d'une bande de terroristes internationaux, pour qui le monde n'était qu'une gigantesque infection à éradiquer.

— Alors, vous allez combattre le feu par le feu? demanda Maggie d'une voix enrouée. Vous estimez que le monde est dominé par des éléments nocifs, et vous allez répandre des bactéries tueuses pour les exterminer?

— C'est dire les choses un peu crûment, ma chère. Mais ne guérit-on pas le mal par le mal, après tout?

— Pas vraiment, répondit-elle d'un ton crispé. Je reconnais que le monde actuel est loin d'être parfait, mais pensez au nombre d'innocents que vous allez tuer pour vous débarrasser des autres.

— C'est le prix à payer pour un nouvel ordre mondial, Maggie. Cela ne nous plaît pas plus qu'à vous, mais nous ne pouvons pas séparer le bon grain de l'ivraie.

— Mais les gosses sont tous innocents! s'emporta-t-elle. Vous n'avez pas le droit de condamner les bébés et les enfants à une mort lente et atroce!

Tennyson leva en l'air ses mains longues et soignées.

— Maggie, ma chère, ne vous mettez pas dans un tel état. Essayez de voir plus loin. Les meurtriers, les voleurs, les violeurs, les pédophiles, la lie de la terre, mourront eux aussi ; la haine raciale et les préjugés disparaîtront du même coup. Le monde sera purifié de la vermine, poursuivit-il en haussant la voix. Je ne sais pas ce que vous en pensez, mais, pour ma part, j'en ai assez de voir notre système judiciaire relâcher les criminels. Qui en subit les conséquences ? Nous, leurs victimes ! Les droits des meurtriers sont davantage respectés que les nôtres. Notre justice ne vaut rien ! Mais tout va changer, à présent, reprit-il d'un ton satisfait. Les membres d'Aube Noire ont fait serment d'éradiquer toute cette racaille !

Maggie vit les yeux verts de Bruce s'illuminer d'une flamme fanatique, et s'efforça de simuler une sympathie qu'elle était loin d'éprouver. Elle devait à tout prix lui faire croire qu'elle était de son côté.

— Vous savez, je commence à penser que vous avez raison...

— Et comment ! s'écria Alex.

— Mes propres enfants, reprit Bruce avec ferveur, ont étudié pendant deux ans dans une école américaine, quand je travaillais pour votre gouvernement. J'ai été choqué de voir combien vos établissements publics se sont dégradés. Ma petite Lisa a été enlevée par un gang, et échangée contre une rançon.

Il ferma les yeux un instant pour contenir ses émotions.

— Et mon fils, mon petit Christophe, qui n'a que neuf ans, a été assommé à coups de crosse de pistolet par un autre gang, en sortant de l'école... Alors, poursuivit-il d'une voix tremblante de colère, le regard courroucé, faut-il s'étonner de ma façon de voir les choses ? J'ai payé la rançon et ma fille a été libérée au bout de trois jours. Mais elle n'a plus jamais été la même. Elle était si gaie, autrefois, un vrai petit rayon de soleil ! Maintenant...

Il baissa la voix, le visage creusé par le chagrin.

— Elle est toujours sur ses gardes, elle se méfie de tout le monde. Plus particulièrement des hommes, et, en cela, je ne saurais lui donner tort. Mais le pire, c'est qu'elle a un geste de recul dès que je veux l'embrasser ou la prendre dans mes bras...

Il détourna les yeux.

— Mes enfants ont gravement souffert dans ce pays pourri qui est le vôtre, Maggie. Et, pis que tout, personne n'a été arrêté, pour aucun de ces deux crimes. C'est ce qui m'a poussé à travailler pour Aube Noire. Je veux que mes enfants grandissent dans un monde meilleur. Un monde purgé de toute cette vermine. Ma femme est bouleversée par ce qui est arrivé à nos enfants. Elle est en colère, et moi aussi. Les salauds qui ont violé ma fille n'ont même pas été inquiétés !

— Je suis navrée, murmura Maggie. Sincèrement, Bruce. Je sais que notre système judiciaire n'est pas parfait...

— Il en est très loin, siffla-t-il entre ses dents. Mais il existe désormais un moyen d'y remédier. Je suis fier d'appartenir à Aube Noire. Certes, je déplore que des innocents doivent y perdre la vie, mais, à long terme, nous pourrons ainsi éradiquer les tueurs, les drogués, les voleurs, les violeurs, et ceux qui s'en prennent à nos petits... Non, il faut instaurer cet ordre nouveau. Mes enfants ont assez souffert !

Maggie continua à jouer la comédie. Elle éprouvait une réelle compassion pour les enfants de Bruce. Quelle effroyable expérience cela avait dû être !

— Vous avez raison, Bruce, c'est terrible. Et vos enfants... j'imagine combien cela a été dur pour votre femme et pour vous.

Bruce hocha la tête, l'air misérable.

— Vous voyez maintenant pourquoi je soutiens Aube Noire. Nous devons éradiquer ces espèces nuisibles de la surface de la terre. La mission d'Aube Noire, c'est de recréer un monde sain.

Montrant du doigt la mallette en aluminium, il ajouta :

— Et voilà comment nous allons y parvenir. Quand ce sera terminé, nous pourrons prendre un nouveau départ. La loi aura de nouveau une signification : œil pour œil, dent pour dent. Fini de dorloter les détenus dans des prisons dorées ! La peine de mort sera systématiquement appliquée et, croyez-moi, les condamnés n'attendront pas vingt ans pour recevoir leur juste châtiment !

Maggie hocha la tête, jouant le jeu. Elle nota que le soleil et le ciel bleu régnaient de nouveau au-dehors, et que la circulation était extrêmement réduite. Elle devait s'échapper. Mais comment ? Bruce la traitait déjà comme une nouvelle recrue...

— Votre discours est plein de bon sens, se contraignit-elle à dire. Peut-être pourriez-vous m'en apprendre plus sur Aube Noire et sur vos objectifs, pendant ce trajet ?

Bruce lui répondit par un sourire ravi, et Alex parut s'amadouer. Seul Juan lui décocha un regard méfiant ; il ne croyait visiblement pas à ce revirement. Les deux savants s'étaient laissé abuser, mais pas le militaire. Maggie ne se découragea pas pour autant. Elle savait qu'elle ne pouvait compter sur aucune aide — et que c'était à elle seule de se sortir de ce piège...

— Maggie ?

La voix de Shep résonna à travers les pièces vides. En découvrant la porte de la villa grande ouverte, il avait laissé choir la pizza, et sorti immédiatement son pistolet du holster dissimulé sous son aisselle gauche. Son cœur se mit à battre à grands coups ; le tonnerre grondait autour de lui, ébranlant le bâtiment. Serrant fermement l'arme dans son poing, Shep s'avança dans le vestibule, braquant le canon d'un côté puis de l'autre. Rien ! Personne. Maggie... Oh, non ! gémit-il en lui-même. Qu'était-il arrivé ?

Retenant son souffle, il se dirigea vers les chambres sur la gauche. La mallette avait disparu ! En hâte, il inspecta les autres pièces. Maggie n'était nulle part en vue ! Il revint vers la porte et l'examina attentivement. Elle ne portait aucune trace d'effraction.

Fébrilement, il s'empara de son téléphone portable et appela le FBI. Dans quelques minutes, les agents accourraient, armés jusqu'aux dents... Promenant son regard autour de lui, Shep se demanda de nouveau ce qui avait pu se passer. Maggie n'aurait jamais ouvert la porte de son plein gré. Pourtant, sa disparition était l'œuvre d'Aube Noire, il en était persuadé. Il retourna dans la chambre de Maggie pour effectuer une fouille rapide. Sur la coiffeuse, il aperçut une carte de visite — et crut que son cœur allait s'arrêter. La carte était gravée d'un caducée — serpent enroulé autour d'un faisceau de baguettes, l'emblème des médecins. Mais à la place du miroir qui figurait habituellement au sommet, il y avait un globe terrestre.

Shep sentit sa bouche s'assécher. Il s'abstint de toucher la carte, de peur de brouiller d'éventuelles empreintes. Mais il n'y avait aucun doute : c'était la signature habituelle d'Aube Noire !

Un cri inarticulé monta de sa gorge. Il aurait voulu hurler de terreur et de rage, mais il se força à retrouver son calme, et regagna le séjour pour attendre l'arrivée du FBI. Son cœur était dévasté par le chagrin et l'épouvante. Il n'avait pas su protéger Maggie — pas plus qu'il n'avait su protéger Sarah. Fermant les yeux, il s'intima l'ordre de ne pas se laisser dominer par ses émotions. Il devait réfléchir ! Il devait garder les idées claires...

Des pas pressés résonnèrent au-dehors, et il alla à la rencontre des agents fédéraux.

L'équipe se composait de six personnes, hommes et femmes, tous armés de M-16, et tous pareillement vêtus de noir, équipés de gilets pare-balles et de casques protecteurs. Leur chef, l'agent Bob Preston, devait frôler la quarantaine ; grand et maigre, il avait le regard perçant dans un visage long et étroit.

— Des membres d'Aube Noire se sont emparés de la mallette, et ont enlevé le Dr Harper, expliqua Shep.

A leur expression, il comprit que les agents étaient consternés par cette nouvelle.

— Mais comment..., commença Preston d'une voix étranglée.

— Maggie les a laissés entrer, répondit Shep d'un ton brusque. J'ignore pourquoi, mais elle les a laissés entrer.

Preston examina les montants de la porte, puis se redressa.

— Bayard, Mitchell et Connors, fouillez les maisons voisines. Couvrez tout le secteur, en commençant par ce niveau. Les autres, déployez-vous. Voyez si vous pouvez trouver un témoin, quelqu'un qui aurait vu quelque chose au cours des trente dernières minutes, soit dans les environs de la villa, soit dans le garage. Contactez-moi dès que vous aurez du nouveau.

Tel un vol de corbeaux, les agents s'éparpillèrent dans toutes les directions. Shep rentra dans la villa, les épaules voûtées sous le poids de la culpabilité et de l'angoisse. Preston lui emboîta le pas et referma la porte derrière eux.

— Le Dr Harper savait qu'elle ne devait laisser entrer personne sans demander le mot de passe. Et celui-ci change tous les jours.

Shep acquiesça, l'air malheureux.

— Je me suis absenté une demi-heure à peine. Je pensais qu'Aube Noire ne pourrait pas nous retrouver, puisque nous avions changé nos plans à la dernière minute.

Passant les doigts dans ses cheveux, il jura entre ses dents, maudissant son erreur. Puis il conduisit l'agent fédéral dans la chambre de Maggie.

— Il y a une carte de visite sur la commode. Il faudra relever les empreintes.

Hochant la tête, Preston enfila des gants de latex et rangea la carte dans un sac en plastique.

106

— Aucun signe de lutte? s'enquit-il en parcourant la pièce du regard.

— Rien n'a été renversé, murmura Shep. Pas de traces de sang. Rien ne semble avoir disparu — en dehors de Maggie et de la mallette.

Preston poussa un soupir et se rendit dans la cuisine, où il déposa son fusil d'assaut et ôta son casque. Sortant un émetteur radio d'une poche de son gilet pare-balles, il déclara :

— Ce qui est certain, c'est qu'ils n'ont pas pu aller bien loin.

— Il nous faudrait un indice, une piste quelconque, marmonna Shep, davantage pour lui-même que pour Preston.

Bon Dieu ! pesta-t-il intérieurement. Qu'est-ce qui lui avait pris de laisser Maggie seule et sans protection? Mais bien sûr, il était convaincu qu'elle n'ouvrirait à personne d'autre que lui... Leurs adversaires avaient dû recourir à la ruse. Il leur avait fallu beaucoup d'ingéniosité pour parvenir à leurs fins, car Maggie était loin d'être bête. Elle n'aurait jamais négligé de demander le mot de passe... Se frottant pensivement la mâchoire, il attendit que Preston ait fini de téléphoner avant de s'enquérir :

— Seul le QG mobile est informé du mot de passe, n'est-ce pas ?

— Oui. C'est moi qui le choisis, puis nous vous le transmettons chaque matin à 8 heures.

— Se pourrait-il que quelqu'un intercepte ces messages ?

— Impossible. Nous brouillons l'émission. A ma connaissance, personne à ce jour n'a réussi à décrypter nos messages.

— A moins que..., dit Shep lentement, réfléchissant à voix haute. A moins qu'il n'y ait une taupe parmi vous, et qu'elle n'ait livré le code à Aube Noire.

Preston plissa les yeux et sa bouche se crispa.

— Une taupe? répéta-t-il d'un ton acerbe. Ce n'est pas parce que vous vous sentez coupable d'avoir failli à votre mission, Hunter, que vous devez en rejeter la faute sur le FBI. Ce petit jeu ne prend pas avec nous. Votre théorie est irrecevable.

Réprimant sa colère grandissante, Shep rétorqua :

— Aucune organisation n'est à l'abri d'une infiltration, et vous le savez. Il y a déjà eu des taupes au FBI par le passé, alors n'essayez pas de nier cette possibilité. Ça ne prend pas avec *moi*.

Preston blêmit de rage, mais, avant qu'il ait pu répondre, son téléphone cellulaire sonna.

— Ici Preston..., grommela-t-il dans l'appareil.

Shep vit son expression se transformer, et la colère faire place à l'espoir sur le visage tendu de l'agent fédéral.

— Du nouveau? demanda-t-il d'un ton pressant, dès que la communication fut terminée.

— Oui, et de bonnes nouvelles. Mitchell a trouvé une touriste qui signale avoir vu une camionnette blanche aux vitres teintées près du garage, il y a une vingtaine de minutes.

— A-t-elle pu voir les passagers?

— Oui, répondit Preston d'un air triomphant. Deux hommes et une femme. Et d'après elle, la femme était rousse.

— Etait-elle... en bonne santé? s'enquit Shep, le cœur serré.

— Oui. Le témoin rapporte que la femme semblait avoir les mains attachées dans le dos, mais qu'elle paraissait indemne. Les hommes ont ouvert les portes arrière du véhicule et se sont engouffrés à l'intérieur en toute hâte. La camionnette est partie — il consulta sa montre — vers 18 h 45, à quelques minutes près.

— Votre témoin a-t-il noté la marque du véhicule ?

— Non, dit Preston en haussant les épaules. Il ne faut pas compter sur les femmes pour ce genre de détail. Elles remarquent la couleur, mais jamais la marque.

— Bon sang !

— Du calme, Hunter, nous avons peut-être un autre indice, reprit l'agent avec un petit sourire. Saviez-vous que le pont qui relie l'île au continent est équipé d'une caméra de surveillance ? Je vais contacter la police routière pour demander qu'on nous transmette la cassette. Si nous voyons une camionnette blanche franchir le pont, nous saurons qu'ils ont quitté l'île, et nous pourrons lancer des recherches.

— Croisons les doigts, murmura Shep, quelque peu rasséréné.

— Et si vous alliez vous-même jusqu'au pont ? proposa Preston. Il y a une route sur la droite qui mène à un petit bâtiment bleu où se trouvent le gardien et la caméra. Appelez-moi si vous apprenez quoi que ce soit.

— Entendu, promit Shep, qui était déjà sur le seuil.

Tandis qu'il dévalait les marches conduisant au

garage, c'est à peine s'il s'aperçut que l'orage était passé. Il était 19 heures; il restait encore deux heures de jour, à peu près. Deux heures pour essayer de repérer la camionnette blanche. En toute hâte, il monta dans sa voiture et démarra, en essayant de mettre de l'ordre dans ses pensées. D'abord, il devait contacter Persée, pour informer Morgan de ce qui s'était passé. Tout en composant le numéro sur son portable, il sentit le remords l'assaillir de nouveau. Qu'allaient penser ses supérieurs? Il ne s'était pas montré à la hauteur de sa mission. Et qu'allait penser Maggie — si elle était encore en vie?

— Regardez, dit le gardien, avec un accent sudiste prononcé, en montrant l'un des écrans moniteurs. Voilà vot'suspect, m'sieur Hunter.

Il appuya sur un bouton pour effectuer un arrêt sur image, et, plissant les yeux, il ajouta :

— Et vous pouvez même lire le numéro d'immatriculation... Tenez, je vous le note.

Shep le remercia d'un signe de tête et prit son téléphone portable, pour communiquer à Preston le signalement du véhicule.

Il entendit l'agent répéter ces informations dans un appareil relié directement au FBI, où l'on vérifierait le numéro afin d'identifier son propriétaire.

— Restez en ligne une minute, demanda Preston.

Bouillant d'impatience, Shep attendit en regardant l'écran. La camionnette blanche, d'apparence tout à fait banale, était légèrement éraflée à l'arrière, sur le côté droit, remarqua-t-il. Usagée, poussiéreuse, elle se fondrait sans aucun mal dans le flot de la circulation...

— Hunter ?

— Oui ? dit-il, le cœur battant.

— La camionnette appartient à un loueur de voitures de Savannah — spécialisé dans les véhicules de seconde main. L'homme qui a loué ce véhicule pour cinq jours est un certain Bruce Tennyson. Ce nom vous dit-il quelque chose ?

— Et comment ! s'exclama Shep. Le Dr Tennyson est un virologue britannique, qui travaillait dans son pays sur des projets top secret, entre autres la création de virus dans l'éventualité d'une guerre biologique. Il a littéralement disparu depuis cinq ans, en rentrant d'un séjour de deux ans aux Etats-Unis.

— Et c'est un membre d'Aube Noire ?

— Il figure sur nos listes, oui. Un certain Pr Valdemar l'a même identifié comme l'un des leaders du mouvement.

— Il semble que nous ayons touché le jackpot, murmura Preston.

— Envoyez un avis de recherche dans tout le pays. De mon côté, je vais louer un avion à l'aéroport de Hilton Head, pour essayer de repérer la camionnette. Un avion volant à deux cent cinquante kilomètres à l'heure peut couvrir beaucoup de terrain en un rien de temps. Auriez-vous un appareil disponible, par hasard ?

— Non, mais c'est une bonne idée. Louez-en un, et gardez le contact. Nous ne savons toujours pas quelle direction ils ont prise, après avoir regagné le continent.

— Je sais. Je vais quadriller le secteur. Je vous rappellerai après le décollage afin de coordonner nos recherches.

— Parfait. Terminé.

Shep coupa la communication, remercia le gardien et se rua vers sa voiture. Levant les yeux vers le ciel, il contempla les nuages noirs cernant l'île. Voler dans ces conditions ne serait pas facile, surtout dans un petit appareil ne disposant pas d'instruments sophistiqués...

Sur la route menant à l'aéroport, il appela Persée pour rendre compte des derniers rebondissements. Une fois sur place, il courut vers le petit bureau de location des Cessna, tout en sortant de sa poche son brevet de pilote, afin de ne pas perdre de temps : c'était la première chose qu'on lui demanderait. A son entrée, l'homme assis derrière le comptoir leva la tête.

— Que puis-je faire pour vous ?

— Je voudrais l'appareil le plus rapide dont vous disposez, expliqua Shep en déposant son brevet devant l'homme.

Celui-ci examina les papiers en plissant les yeux.

— Ma foi, monsieur Hunter, dit-il avec un petit rire, les seuls avions dont nous disposons sont des Cessna 150. Nous nous en servons pour apprendre aux gens à piloter.

— Y en a-t-il un de libre ?

— Oui, et c'est d'ailleurs le seul.

— Je le prends.

— Pour quelle durée ?

— Vingt-quatre heures. Je veux survoler toute la région ; je pousserai peut-être jusqu'à Charleston, au nord, ou bien vers Savannah, dans le sud.

L'homme haussa les épaules et prit un formulaire.

— Le temps est plutôt orageux, en ce moment, jeune homme.

— J'ai piloté des avions à réaction dans l'armée de l'air, répondit Shep. Je pense pouvoir affronter quelques éclairs.

— Bon. Je suppose que vous avez raison, reconnut l'employé.

A cet instant, la sonnerie du portable retentit, et Shep se hâta de répondre.

— Ici Preston. Il y a du nouveau. Nous avons transmis l'ordre de recherche, et un motard de Caroline du Sud signale avoir vu une camionnette correspondant à la description du véhicule recherché sur l'autoroute I 95, en direction de Charleston.

Shep s'empara précipitamment d'une carte aérienne qu'il étala sur le bureau.

— Oui, je vois, dit-il en examinant le tracé.

— C'est une région vallonneuse et très boisée, l'avertit Preston. Repérer une voiture là-dedans ne sera pas facile. Et il y a des tas de voies secondaires et de routes non asphaltées...

— Ça ne fait rien. Je sais au moins dans quelle direction orienter mes recherches.

— Ecoutez, j'ai demandé à l'aéroport de Charleston de nous fournir un hélicoptère, mais il y a un orage en cours et aucun appareil ne peut décoller pour le moment.

— Tant pis. Je pars tout de suite, dit Shep, avec un regard impatienté en direction de l'employé qui remplissait le formulaire avec une lenteur exaspérante...

7.

Aux commandes de son Cessna, Shep avait l'impression de faire corps avec l'appareil. Cela lui procurait un immense bien-être ; il ne se sentait jamais aussi heureux que lorsqu'il volait. Quand il décolla de Hilton Head en direction du nord, le soleil couchant l'aveugla momentanément, et il chaussa ses lunettes d'aviateur. Sur le siège du copilote à côté de lui se trouvaient son téléphone portable et une carte de la région. Pressé de commencer les recherches, Shep s'était contenté de jeter sur l'appareil un coup d'œil superficiel avant de grimper à bord. Une fois en l'air, quand il voulut vérifier la radio, il découvrit, à sa grande consternation, qu'elle ne fonctionnait pas. Jurant entre ses dents, il se dit qu'il lui restait au moins le portable. Il pourrait ainsi contacter Preston, qui coordonnerait les recherches depuis le commissariat de police de Hilton Head. Mais, bien qu'il appréciât cette aide à sa juste valeur, Shep était fermement décidé à mettre lui-même la main sur les terroristes.

Il survolait l'autoroute I 95 ; la circulation était très dense entre Hilton Head et Charleston. Prenant ses jumelles, Shep essaya de repérer un véhicule blanc —

une véritable gageure, à cette altitude, mais la réglementation lui interdisait de voler à moins de mille pieds.

Le Cessna 150 n'avait rien d'un bolide, et progressait cahin-caha dans le ciel turbulent, où s'amassaient des nuages menaçants. L'air était instable en raison de l'humidité et de la chaleur arrivant de l'océan. A l'aéroport, l'employé avait prévenu Shep de l'arrivée imminente d'un front froid qui entraînerait une forte baisse de la température — d'où la présence des nuées orageuses.

Un appareil tel que celui-ci ne résisterait pas à la succession de courants ascendants et descendants qu'il rencontrerait au cœur des formations nuageuses. Shep serait donc contraint de contourner celles-ci, ou bien de voler à basse altitude — et d'affronter alors la pluie et de redoutables poches d'air capables de broyer le frêle Cessna en quelques secondes.

Maintenir la stabilité de l'avion dans de telles conditions se révélait pratiquement impossible, ainsi que Shep ne tarda pas à le constater. Les courants aériens étaient si forts qu'on se serait cru sur des montagnes russes, et un pilote moins expérimenté se serait déjà écrasé au sol. Mais Shep était loin d'être un novice, et les cahots ne le gênaient que dans la mesure où ils l'empêchaient de se servir des jumelles.

Le doute le tenaillait cependant : et si Tennyson décidait de quitter l'autoroute ? L'homme n'était pas un imbécile, et il comprendrait qu'il courrait moins de risques d'être repéré en empruntant les petites routes... Décidant de se fier à son intuition, Shep déploya la carte sur le tableau de commandes en face de lui, et se concentra pendant quelques secondes pour déterminer

116

sa position actuelle. A sa droite se trouvaient l'embouchure du Broad et le Détroit de Port Royal, un bras de mer rectangulaire sur la côte de Caroline du Sud ; au nord de l'embouchure, Parris Island, le centre d'entraînement des Marines. Enfin, sur sa gauche, Shep apercevait la petite ville de Switzerland.

A quelle vitesse la camionnette des ravisseurs roulait-elle ? Shep essaya de se représenter mentalement la situation. La vitesse était limitée à cent cinq kilomètres /heure, mais, rien qu'en observant la circulation, on voyait bien que la plupart des véhicules roulaient au moins à cent vingt. Le Cessna volait à cent cinquante à l'heure, ce qui était pratiquement sa vitesse maximale. Après avoir effectué de rapides calculs, Shep étudia de nouveau la carte. Tennyson prendrait sûrement une route latérale, s'il en avait la possibilité. Mais où se rendait-il ? Quel était son but ? Qui devait-il rencontrer ? Et où ?

Absorbé à la fois par ces réflexions, et par le pilotage de l'appareil, Shep s'efforça d'ignorer l'angoisse qui le dévorait. Maggie était-elle encore en vie ? Quel sort Tennyson lui réservait-il ? Les abominables pensées qui lui venaient à l'esprit ne faisaient que lui labourer plus profondément le cœur. Jurant entre ses dents, il se força à chasser ses craintes. C'était indispensable s'il voulait conserver sa lucidité. Il ne lui restait plus qu'une heure et demie de jour, environ. Poursuivre ses recherches dans l'obscurité serait impossible ; il ne pourrait plus alors compter que sur les voitures de patrouille, ce qui réduirait considérablement les chances de retrouver Maggie. L'avion lui procurait un énorme avantage, mais le Cessna n'était pas équipé pour les vols de nuit, contrairement aux appareils militaires...

117

Trente minutes plus tard, Shep obliqua vers la nationale 17, une petite route de campagne parallèle à l'I95, mais beaucoup moins fréquentée. Le soleil descendait sur l'horizon, ses rayons embrasant les nuages amoncelés, pareils à une troupe se dirigeant en bon ordre vers les plaines de Caroline du Sud. Conscient qu'il ne pourrait éviter cet énorme front nuageux, Shep poussa la vitesse à cent soixante, tout en scrutant désespérément la route en dessous de lui. La région était relativement plate, mais très boisée. Il survola bientôt la réserve nationale d'Ace Basin, arrosée par la rivière Combahee. Ce n'était en fait qu'un vaste marécage cerné par une forêt de pins, et il se dit que ce serait un endroit idéal pour se cacher, ou rencontrer quelqu'un en secret...

Virant légèrement sur la gauche, Shep s'inclina sur l'aile pour avoir une meilleure vue de la route. Et soudain, son cœur se mit à battre plus vite. Là ! Un véhicule blanc ! Se pouvait-il que... Un brusque flux d'adrénaline jaillit dans ses veines et sa main se crispa sur le manche à balai. Si seulement cet engin pouvait aller plus vite... Le véhicule se trouvait à plusieurs kilomètres devant lui, sur une portion de route rectiligne, et se dirigeait vers le pont enjambant la Combahee. S'essuyant la bouche du revers de la main, Shep lança un coup d'œil rempli d'appréhension vers le front nuageux, de plus en plus proche. D'ici un quart d'heure, il devrait faire demi-tour et regagner Hilton Head, ou bien risquer le tout pour le tout et voler à basse altitude... Les noirs cumulus étaient presque sur lui, maintenant. Et les nappes sombres en dessous des nuages annonçaient une averse violente qui empêcherait toute visibilité. D'une façon ou de l'autre, il risquait de s'écraser au sol s'il commettait la moindre erreur.

L'avion se rapprochait du véhicule. Shep s'empara des jumelles et, le cœur battant, les porta à ses yeux. C'était bien une camionnette blanche ! Il devait forcément s'agir de celle de Tennyson ! Il avait eu raison de se fier à son pressentiment...

Un fort courant ascendant frappa de plein fouet le Cessna, et Shep lâcha les jumelles pour tenter de stabiliser l'appareil. Le petit avion fut violemment projeté vers la droite, tel un jouet dérisoire, et les jumelles heurtèrent le téléphone portable sur le siège du copilote.

Jurant à voix haute, Shep se démena pour reprendre le contrôle de l'avion. Quand il fut sorti de la poche d'air, il lâcha les commandes et tendit la main droite pour ramasser le fragile portable. Il composa un numéro, mais l'écran ne s'alluma pas. Shep recommença plusieurs fois, toujours sans résultat.

— Bon sang ! s'exclama-t-il, hors de lui.

Tenant le manche d'une main, il ouvrit le portable de l'autre pour vérifier le bon fonctionnement de la batterie. Tout semblait normal. Une nouvelle fois, il tenta de contacter Preston, mais rien ne se produisit. La colère s'empara de Shep. Le choc avec les jumelles avait dû endommager le téléphone ; à présent, il n'avait aucun moyen de signaler sa découverte au FBI.

La mine sombre, il réfléchit aux options qui s'offraient à lui. Elles n'étaient pas nombreuses. Il pouvait se poser quelque part, et essayer de trouver un téléphone. Mais où ? Il n'y avait aucun aéroport à proximité, aucun terrain ne permettant l'atterrissage. Il ne pouvait pas se poser dans les marais, et encore moins dans la forêt de pins. Au demeurant, pouvait-il abandonner la poursuite de la camionnette à bord de laquelle, il en était sûr, se trouvait Maggie ? Tennyson risquait de quitter la nationale pour emprunter une petite route, et Shep le perdrait alors complètement de vue. Dans une demi-heure au maximum, il ferait nuit. Que diable pouvait-il faire ? Accablé par l'impuissance, il se demanda ce que faisait Maggie en ce moment...

— Bruce, dit Maggie de sa voix la plus douce, j'ai besoin d'aller aux toilettes. Pourrions-nous nous arrêter un instant ?

Elle avait réussi à donner le change à Tennyson, en lui faisant croire qu'elle était prête à adhérer à Aube Noire, et il avait ordonné à Juan de lui ôter les menottes. Mais l'officier brésilien continuait à se méfier d'elle, et Maggie sentait son regard ténébreux constamment posé sur elle. Elle sourit au scientifique quand il se retourna. Il faisait presque nuit, et la route était bordée de chaque côté par une épaisse forêt. C'était l'endroit idéal pour tenter une évasion. Mais elle avait très peur, et se demandait si ses ravisseurs pouvaient entendre les battements affolés de son cœur.

La foudre et le tonnerre se déchaînaient autour d'eux depuis quelques minutes, et de grosses gouttes de pluie commençaient à tomber : autant d'éléments susceptibles de couvrir sa fuite. La forêt se trouvait à une trentaine de mètres de la route, et lui procurerait un abri sûr, si elle se montrait suffisamment maligne et rapide... Bien sûr, ses ravisseurs feraient de leur mieux pour la rattraper, mais elle savait qu'ils devaient retrouver d'autres membres d'Aube Noire à Charleston, et Tennyson serait partagé entre son désir de la récupérer, et la nécessité d'arriver à l'heure au rendez-vous.

Maggie n'ignorait pas que, si elle ne leur échappait pas, ils l'emmèneraient avec eux — d'abord à Charleston, puis de l'autre côté de l'Atlantique, en Albanie. C'étaient les seules informations qu'elle avait pu soutirer à Tennyson jusqu'ici. Mais elle savait aussi que, si elle refusait de rejoindre les rangs d'Aube Noire, il lui collerait un pistolet sur la tempe et l'abattrait sans hésiter. Il était évident, à présent, que Tennyson était un fanatique, et que pour lui, quiconque n'était pas de son côté devait être éliminé.

— Regardez ! s'écria soudain Alex, en écrasant la pédale de frein, de sorte que le véhicule dérapa légèrement sur l'asphalte mouillé.

Maggie plissa les yeux pour voir à travers le pare-brise balayé par les essuie-glaces. La pluie était si forte à présent que la visibilité était pratiquement nulle. Et brusquement, comme surgi de nulle part, un troupeau de vaches apparut au beau milieu de la route ! Sur la gauche, Maggie distingua la clôture renversée qui avait permis aux bêtes de s'échapper. Visiblement satisfaites, les vaches déambulaient tranquillement en broutant l'herbe sur le bas-côté ou en ruminant.

Tennyson proféra un juron, puis déclara :

— Juan, tu vas m'aider à dégager la route. Et toi, Alex, abstiens-toi de klaxonner, tu risquerais d'attirer l'attention. Ce ne sont que des bêtes stupides, il suffira de crier et de faire de grands gestes pour qu'elles s'en aillent.

Alex acquiesça et mit le moteur au point mort. Juan passa à l'arrière du véhicule, ouvrit les portes et sauta à terre.

C'est le moment ou jamais! songea Maggie. La gorge sèche, elle attendit que Tennyson et Juan, leur veste sur la tête pour se protéger de la pluie, se soient élancés vers les vaches indifférentes. Regardant autour d'elle, elle aperçut à ses pieds un morceau de tuyau, long d'une cinquantaine de centimètres et assez lourd pour assommer quelqu'un. La mallette était là, elle aussi. Les mains glacées par une nervosité croissante, elle observa Alex. Il concentrait son attention sur la scène burlesque qui était en train de se dérouler sur la route. Celle-ci paraissait s'étirer à l'infini à travers la plaine; il n'y avait pas un seul véhicule en vue.

Essayant de réprimer sa peur, Maggie se pencha vivement, s'empara du tuyau et se redressa.

Alerté par ce mouvement soudain, Alex se retourna.

— Hé!

Il n'eut pas le temps d'en dire davantage. Empoignant le morceau de plomb à deux mains, Maggie l'abattit aussi fort qu'elle put. Le tuyau heurta le front de Romanov avec un bruit écœurant. Le Russe poussa une plainte et s'affala sur son siège, inconscient; du sang s'écoulait de sa tête.

Saisissant la mallette, Maggie se rua vers l'arrière de la camionnette, les jambes tremblantes. S'échapper! Elle devait s'échapper! Sitôt que ses pieds eurent touché le bitume, elle se mit à courir vers la forêt, selon un angle qui la dissimulerait à la vue de Tennyson et de Juan. Mais combien de temps s'écoulerait-il avant qu'ils ne s'aperçoivent de sa disparition? Quelques secondes seulement, probablement...

Le visage cinglé par la pluie, elle courut de toutes ses forces, en espérant que les terroristes n'entendraient pas le claquement de ses pas sur la chaussée. Dérapant, manquant tomber plusieurs fois, elle escalada le talus. En se redressant, elle vit les arbres se dresser à une dizaine de mètres devant elle. Oh, Seigneur, faites que je parvienne jusque-là! implora-t-elle muettement.

— Arrêtez!

C'est à peine si elle entendit le cri de Tennyson, noyé par un roulement de tonnerre. Elle tressaillit malgré elle, mais continua à courir. Puis elle entendit des détonations. Ils lui tiraient dessus! Les arbres n'étaient plus qu'à quelques mètres... L'herbe était glissante, et Maggie faillit tomber à deux reprises. A bout de souffle, elle s'efforça d'accélérer l'allure, regrettant fugacement de n'avoir pas les jambes plus longues... La foudre tomba si près que ses cheveux se hérissèrent sur sa nuque. Instinctivement, elle plongea entre les arbres.

Elle avait réussi! Elle était hors de danger — ou presque. Lançant autour d'elle des regards éperdus, dans la lumière déclinante et les rafales de pluie, Maggie reprit sa course. Ses poumons la brûlaient, elle avait du mal à respirer. La voix de Tennyson lui parvint de nouveau. Il était tout près! Sa haute taille lui conférait une foulée bien plus rapide que la sienne, et il n'allait pas tarder à la rattraper...

Les arbres engloutirent Maggie. Un épais tapis d'aiguilles de pin couvrait le sol; des broussailles croissaient çà et là, mais la végétation était quasiment inexistante dans le sous-bois où les rayons du soleil ne parvenaient pas. Elle entendit de nouvelles détonations, et tressaillit quand des balles frôlèrent ses oreilles.

Ses jambes se dérobaient, sous l'effet de la peur et de l'épuisement, et ses mains étaient engourdies par le poids de la mallette. Ce fardeau la ralentissait. Elle devait s'en débarrasser! Elle distingua une trouée parmi les arbres. A demi aveuglée par la pluie et le vent, Maggie redoubla d'efforts, et se retrouva bientôt au bord d'une rivière. Une rivière! Un plan se forma aussitôt dans son esprit. Elle regarda par-dessus son épaule, mais la pluie était si forte qu'elle ne distingua pas ses poursuivants. Si elle ne pouvait pas les voir, ils ne la voyaient pas non plus... Changeant de direction, elle s'élança vers la rivière aux flots boueux. Parvenue sur la berge, elle jeta la mallette parmi les roseaux qui la bordaient. Puis, tournant les talons, elle regagna la sûreté relative des arbres. Elle entendit Tennyson crier quelque chose à Juan. Apparemment, ils se trouvaient quelque part sur sa gauche. Très bien! Elle avait réussi à leur échapper, mais elle savait que la partie était loin d'être gagnée. Elle devait trouver un endroit où se cacher. Le terrain commençait à devenir accidenté; des rochers noirs se dressaient ici et là. Elle devait absolument trouver une cachette! Juan était un mercenaire expérimenté, un chasseur impitoyable, et il la retrouverait sans difficulté... Dans sa fuite éperdue, les pensées de Maggie se tournèrent vers Shep. Elle l'aimait! Elle n'avait jamais cessé de l'aimer. Lui accorderait-on une chance de consommer cet amour? De faire part à Shep de ses sentiments? Elle était à bout de souffle à présent, à bout de forces, mais elle savait qu'elle n'avait pas le choix : si elle s'arrêtait, elle mourrait.

**

Alex Romanov gémit, et porta une main à son front ensanglanté. Qu'était-il arrivé? La vision encore floue, il se redressa et regarda à travers le pare-brise ruisselant de pluie. Les vaches avaient regagné leur pré. Où étaient donc passés Bruce et Juan? Il jeta un coup d'œil derrière lui — et se rappela alors que le Dr Harper l'avait frappé. Elle s'était enfuie! Oh, non! se lamenta-t-il en lui-même.

Le tonnerre grondait tout autour de lui. Dégainant son pistolet, Romanov comprit que ses amis devaient être partis à la poursuite de la fugitive. Soudain, comme il s'apprêtait à ouvrir la portière, il perçut un bruit étrange. Ce n'était pas le tonnerre, et ce n'était pas la foudre non plus. Qu'était-ce donc? Intrigué, il scruta le ciel — et demeura bouche bée. Devant lui, surgissant de la pluie battante, apparut un petit avion rouge et blanc! Effaré, il s'aperçut que l'appareil tentait de se poser sur la route, à quelques centaines de mètres seulement de la camionnette. Que diable se passait-il?

La main crispée sur son arme, Alex fixa l'avion, indécis. Que devait-il faire? Le pilote avait-il simplement des ennuis? Ou s'agissait-il d'un agent du gouvernement? D'un ennemi? Dans l'incertitude, le terroriste ne devait courir aucun risque. Même si le pilote réussissait à atterrir sans dommage, c'était un homme mort.

Les lèvres serrées, retenant son souffle, Shep déployait des efforts prodigieux pour maintenir la stabilité du Cessna, malgré les courants contraires. Il devait lutter contre la pression qui entraînait l'appareil vers le bas, car une brusque perte d'altitude, au-dessus de cette route détrempée, serait sûrement fatale. Autour de lui, la tempête faisait rage, malmenant l'appareil qui tanguait d'un côté et de l'autre.

Regardant l'altimètre, Shep constata qu'il se trouvait à moins de soixante mètres d'altitude. A environ huit cents mètres devant lui, il apercevait la camionnette blanche. Serrant les dents, il manœuvra les gouvernes avec ses pieds pour rester sur l'axe d'atterrissage. La pluie redoubla, et il ne distingua plus le véhicule en dessous de lui. Il s'apprêtait à atterrir dans les pires conditions imaginables. Passe encore s'il avait été aux commandes d'un avion de ligne, mais ce petit avion était trop léger, il n'offrait aucune résistance aux rafales de vent, aux trombes de pluie qui s'abattaient du ciel...

Une main sur le manche à balai, l'autre sur la commande des gaz, Shep ralentit progressivement, tandis que l'appareil se rapprochait du sol. Des gouttes de sueur perlèrent sur son front, et son regard prit un éclat glacial. La route n'était plus qu'à quelques mètres...

A la dernière seconde, une rafale de vent secoua l'appareil, qui remonta brusquement.

Non! hurla Shep en lui-même.

Appuyant de toutes ses forces sur la commande des gaz pour redresser l'appareil, Shep vit la route se ruer vers lui. Bon Dieu! Il avait trop redressé, et l'avion descendait en piqué. Il rectifia aussitôt son erreur, mais trop tard. Le train d'atterrissage heurta la route avec une telle force que le Cessna rebondit dans l'air. Le souffle court, Shep stabilisa l'appareil et coupa le moteur.

Le Cessna s'immobilisa sur la chaussée avec un

bruit mat. Le vent le déplaça vers la gauche, et aussitôt Shep manœuvra la gouverne de gauche pour l'empêcher de glisser dans le fossé. Il avait réussi ! Il avait atterri. Devant lui, le rideau de pluie commençait à se dissiper. Empoignant son portable, Shep le glissa dans son blouson, puis sortit son Beretta de son étui. La camionnette blanche était garée au beau milieu de la route, à moins de cinq cents mètres de là. En plissant les yeux, Shep distingua un homme à l'intérieur du véhicule.

Le cœur battant, il attendit un instant pour faire le point. Il s'agissait de la camionnette des terroristes, cela ne faisait aucun doute. Mais pourquoi se trouvait-elle ici ? Puis il aperçut la clôture renversée et le troupeau de vaches, et devina ce qui avait dû se passer. Il se demanda où étaient les autres hommes. Leur absence laissait présager le pire. Tennyson avait-il fait arrêter le véhicule pour emmener Maggie dans la forêt et l'abattre d'une balle dans la tête ? De tout son être, Shep repoussa cette éventualité. Mais, s'ils avaient fait halte parce que les vaches leur barraient la route, pourquoi n'étaient-ils pas repartis ensuite ? Tout cela ne tenait pas debout.

Un éclair tomba non loin de lui, et il sursauta. Dans la camionnette, le conducteur n'avait toujours pas bougé. Shep sentit ses cheveux se hérisser sur sa nuque. S'il descendait de l'appareil, le pistolet au poing, l'homme saurait aussitôt qu'il avait affaire à un agent fédéral, mais Shep ne voulait prendre aucun risque... Un nouveau rideau de pluie arrivait sur sa gauche. La lisière de la forêt n'était qu'à une trentaine de mètres ; sous le couvert de l'orage, il pourrait s'y réfugier, et attendre la suite des événements. Ou du moins, gagner du temps, jusqu'à ce qu'il ait compris ce qui se passait au juste.

Il attendit que la camionnette ait disparu sous la nappe de pluie puis s'extirpa de l'appareil et courut vers la forêt, guettant une détonation. Mais rien ne se produisit. Quand il eut atteint la forêt, il essuya d'une main son visage ruisselant et reprit son souffle. La pluie diminua et il distingua de nouveau la camionnette, à travers les arbres. De l'endroit où il se trouvait à présent, il pouvait voir que les portes arrière étaient grandes ouvertes, et qu'il n'y avait qu'une seule personne à bord du véhicule. La femme qui avait assisté à l'enlèvement de Maggie avait pourtant affirmé que les ravisseurs étaient au nombre de deux...

Paniquant à l'idée que Tennyson ait pu entraîner Maggie sous les arbres afin de la tuer, Shep se dirigea au pas de course vers la rivière qui, il le savait, se trouvait à quelques centaines de mètres de là. Soudain, il entendit un cri — une voix d'homme. Puis des coups de feu retentirent.

Haletant, Shep se dissimula derrière un pin et regarda prudemment autour de lui, essayant de déterminer d'où venaient les détonations. Mais l'orage étouffait et déformait les sons...

De nouveaux coups de feu se firent entendre. *Sur la gauche! Oui, c'est ça!*

Jurant tout bas, Shep s'avança sur l'épais tapis d'aiguilles de pin. Deux voix d'homme lui parvenaient par instants. Ils poursuivaient quelqu'un! Les voix paraissaient s'éloigner. Si seulement l'orage pouvait se calmer, afin qu'il puisse savoir dans quelle direction elles allaient!

Tout en courant, il gardait les yeux fixés sur sa

droite. Quelque part dans ce bouquet de pins se trouvaient deux des membres d'Aube Noire. Et, s'il avait deviné juste, ils traquaient Maggie comme du gibier. Comment avait-elle réussi à leur échapper ? L'espoir renaquit en lui. Soudain, il dérapa et tomba. Roulant sur lui-même, il se releva d'un bond et reprit aussitôt sa course.

Dans sa tête, dans son cœur battant à tout rompre, il priait ardemment pour que Maggie eût échappé à ses ravisseurs. Car, il ne le savait que trop bien, s'ils la rattrapaient, ils la tueraient sur-le-champ. Ils n'auraient aucune pitié pour cette femme qu'il aimait d'une passion toujours aussi brûlante, comme il en avait trop tard pris conscience.

Sa vue se brouilla — mais il n'aurait su dire si c'était à cause de la pluie, ou à cause des larmes. Il fallait qu'on lui accorde une deuxième chance, une chance de reconquérir Maggie... Mais ils avaient affaire à l'un des groupes terroristes les plus cruels, les mieux entraînés au monde. Peut-être Maggie saurait-elle, grâce à son expérience de cavalière, utiliser le terrain à son avantage... Peut-être sa parfaite condition physique, son endurance de sportive, seraient-elles des atouts suffisants pour échapper aux tueurs ?

Déglutissant avec effort, Shep essaya de ne pas ralentir le pas, bien que le souffle commençât à lui manquer. La foudre explosa au-dessus de lui, illuminant les alentours. Momentanément aveuglé, Shep se plaqua au sol. Le grondement de tonnerre qui suivit l'éclair de quelques millièmes de seconde se répercuta dans tout son corps avec la force d'un coup de poing. A demi étourdi, Shep se releva lentement. La foudre n'était pas passée loin, et c'était un miracle qu'il en ait réchappé. Passant une main sur son visage, il regarda autour de lui, l'oreille aux aguets...

Des cris sur sa droite ! Ils semblaient provenir des bords de la rivière. L'instinct de Shep lui conseillait de rester sous le couvert des arbres, et de ne pas s'approcher des terroristes en ligne droite. Si Maggie s'enfuyait, elle ne longerait sûrement pas la rivière... Peut-être avait-elle plongé, pour s'enfuir à la nage ? Indécis, Shep se frotta les yeux et commença à avancer entre les hauts fûts. Il devait à tout prix retrouver Maggie avant ses poursuivants. C'était presque impossible, mais il essaierait quand même. Parce qu'il l'aimait, et qu'il ne pouvait même plus concevoir la vie sans elle — sans sa présence vibrante éclairant les ténèbres de son âme tourmentée.

8.

Ahanant, le souffle rauque, Maggie s'apprêtait à traverser un des ruisseaux alimentant la rivière. L'orage avait redoublé de violence et la pluie la giflait de ses doigts glacés. Un bras devant les yeux pour se protéger du vent furieux sifflant entre les pins, elle posa précautionneusement le pied sur les rochers mouillés... et dérapa. Avec un cri étouffé, elle projeta les bras en avant pour rétablir son équilibre, puis poursuivit sa progression. Le lit du ruisseau était boueux, et elle enfonçait dans l'eau jusqu'aux genoux. De grands roseaux poussaient sur les bords, et elle voulut s'y agripper, mais ils lui entaillèrent la paume.

Plongeant sa main dans l'eau pour étancher le sang, elle regretta une fois de plus de ne pas être plus grande. Les roseaux la fouettèrent cruellement quand elle se hissa sur la berge opposée.

Un éclair fulgura au-dessus d'elle, et elle se recroquevilla au sol. Il n'était pas passé loin ! Presque aussitôt, le tonnerre rugit, faisant vibrer le corps de Maggie comme un tambour. Baissant la tête, la pluie dégoulinant sur son visage, elle essaya de s'orienter. Tennyson était probablement encore en train de la chercher le long de la rivière, mais elle ne pouvait pas en être sûre... Elle devait absolument trouver une cachette. Relevant le menton, elle scruta la forêt obscure. Le terrain plat avait fait place à des successions de petites buttes, et de gros blocs de pierre saillaient çà et là. Peut-être, à la faveur de la nuit tombante, pourrait-elle se dissimuler sous l'un de ces rochers, et échapper ainsi à ses poursuivants ?

En se redressant sur ses jambes vacillantes, Maggie comprit qu'elle avait poussé son corps à ses extrêmes limites. Elle avait désespérément besoin de se reposer un petit moment avant de reprendre sa course. Prudemment, elle examina les alentours...

Un cri faillit lui échapper. Avait-elle des hallucinations ? Il faisait presque nuit, et il y avait tellement d'ombres, tellement d'objets indistincts ressemblant à un ennemi embusqué... Elle s'agenouilla sans bruit pour ne pas faire une cible trop flagrante. Plissant les yeux, elle respira par petites bouffées. Là-bas ! Oui, quelque chose bougeait ! Mais qui cela pouvait-il bien être ? Les terroristes étaient encore au bord de la rivière... A moins que l'un d'eux ne cherchât à la prendre à revers ? Si seulement elle y voyait mieux...

A cet instant, un éclair troua l'obscurité, et Maggie écarquilla les yeux. Là, à une cinquantaine de mètres environ, se déplaçant furtivement d'un arbre à l'autre, le pistolet au poing, elle reconnut... Shep ! Comment était-ce possible ? Avait-elle des visions ? Imaginait-elle tout cela parce qu'elle savait qu'elle allait bientôt mourir ? Ses pensées se brouillèrent, son cœur se dilata de joie. C'était Shep ! Elle ne rêvait pas. Ce ne pouvait être que lui !

Elle se dressa sur ses jambes flageolantes. Elle

aurait voulu l'appeler, mais elle n'osa pas, car, si Shep l'entendait, ses poursuivants risquaient d'en faire autant. Dérapant sur le sol boueux, elle s'élança vers lui.

Mû par son instinct, Shep tourna la tête, et resta bouche bée en voyant une ombre accourir vers lui. Maggie! C'était Maggie! Elle avait un air pitoyable, avec ses cheveux mouillés plaqués contre son crâne, ses vêtements maculés et trempés lui collant à la peau... Ses yeux étaient agrandis de frayeur, sa bouche ouverte en un cri silencieux. Mais elle était indemne! Il se rua à sa rencontre.

La foudre illumina le ciel tandis qu'ils se rejoignaient. Shep réprima sa folle envie d'oublier les dangers qui les entouraient et de ne plus penser qu'à Maggie. Il ne put cependant s'empêcher de la toucher, et, tendant les bras, l'attira à lui.

— Oh, Shep! s'écria Maggie en se blottissant contre sa poitrine, mi-pleurant, mi-riant. Tu es là! Tu es là!

— Chut! murmura-t-il à son oreille, en l'entraînant derrière un gros pin.

Elle était si chaude et si douce contre lui, si apeurée aussi... Il sentit ses doigts s'enfoncer convulsivement dans son dos, tandis qu'il la faisait doucement asseoir près de lui, sur le sol.

Un bras autour de ses épaules, il la serra contre son corps pour calmer les tremblements qui la secouaient. Tout en déposant des petits baisers sur sa joue, son oreille, ses cheveux, il chuchota d'un ton pressant :

— Là, là... Tout va bien, Maggie. Seigneur, je te croyais morte. je m'imaginais le pire... Je suis si heureux que tu sois vivante, si heureux...

Une vague d'émotion l'aveugla momentanément quand Maggie s'agrippa à son cou. Lorsqu'elle releva la tête, il lut une telle terreur dans ses yeux, une telle prière, qu'il ne put résister. Posant son pistolet à terre, il se pencha vers elle et l'embrassa. Quand leurs bouches s'unirent, il la sentit frémir contre lui. Ils s'embrassèrent avec avidité, avec violence presque. La bouche de Maggie était chaude et vivante. Elle avait le goût de la vie. Tremblante, elle lui rendit son baiser avec une faim, une passion égales à la sienne. Maggie était ici ! Ici, entre ses bras ! Comme c'était bon de la revoir !

S'arrachant à leur étreinte, Shep plongea son regard dans les yeux de Maggie, ses yeux hantés, emplis de larmes. Elle semblait si vulnérable en ce moment, si faible... De ses doigts tremblants, il essuya la pluie sur le front et les joues de Maggie, et c'est alors qu'il s'aperçut qu'elle pleurait.

— Comment..., demanda-t-elle dans un hoquet. Comment m'as-tu retrouvée ?

Sa voix se brisa de nouveau, et elle se mit à sangloter sans retenue.

Lui caressant la joue, il murmura :

— Je n'aurais pas eu de cesse avant d'y être parvenu, petiote.

Il ramassa son pistolet et s'adossa contre le tronc du pin. Ils parlaient à voix basse, et la pluie, le vent, le tonnerre couvraient probablement leurs chuchotements, de toute façon... Calant Maggie entre ses longues cuisses robustes, absorbant sa présence par tous ses sens, par tout son être, il sentit s'estomper son sentiment de culpabilité.

Ravalant ses larmes, Maggie appuya sa joue contre son épaule.

— Serre-moi dans tes bras, Shep ! Oh... serre-moi fort. Je suis si fatiguée...

Le seul contact de Shep lui rendait des forces, et sentir ses mains solides sur ses épaules grelottantes lui redonnait espoir... Au bout de quelques minutes, elle releva la tête et contempla les traits sombres et familiers. Bien qu'il la tînt tendrement contre lui, il ne cessait de promener à la ronde un regard vigilant. Elle sentit la tension qui émanait de lui et sut que, malgré l'émotion de cet instant, il gardait une conscience aiguë de la situation, et demeurait ce qu'il était : un mercenaire entraîné, un guerrier. Hunter, le Chasseur... Malgré le danger qui rôdait, jamais elle ne s'était senti aussi protégée, aussi en sécurité qu'en ce moment.

— Comment..., répéta-t-elle d'une voix étranglée, comment as-tu fait pour me retrouver ?

Il baissa un instant les yeux sur elle, avant de se remettre à scruter la forêt. Ils ne seraient pas en sécurité tant que les trois terroristes continueraient à les chercher.

— Un coup de chance. Une femme qui descendait dans le garage a assisté à ton enlèvement, et nous a décrit le véhicule des ravisseurs. Puis nous avons appris qu'il y avait une caméra sur le pont, à la sortie de Hilton Head. Le gardien m'a passé la vidéo, et j'ai relevé le numéro d'immatriculation de la camionnette.

— Et tu t'es lancé à nos trousses ?

— J'ai loué un avion. Un motard avait aperçu le véhicule roulant en direction du nord. J'ai survolé l'I95, jusqu'à ce que je le retrouve.

— Tu pilotais ? dit-elle en arrondissant les yeux. En plein orage ?

Il eut un mince sourire.

— J'ai posé ce coucou sur la route, à quelques centaines de mètres de la camionnette.

Levant vers lui un regard ébahi, elle reprit :

— Tu as dû atterrir juste après mon évasion ! Est-ce qu'ils t'ont tiré dessus ?

— Non. Il y avait un seul homme dans la camionnette, et il est resté assis sans bouger. J'ai profité de l'averse pour sortir de l'avion et filer dans la forêt.

— Oh..., soupira Maggie. Je l'avais assommé avec un morceau de tuyau. Il s'appelle Alex Romanov. Je l'ai frappé, puis je me suis enfuie par l'arrière du camion. Il y avait un troupeau de vaches sur la route. C'est pour cela que nous nous étions arrêtés. Bruce Tennyson et un Brésilien du nom de Juan sont descendus pour chasser les bêtes, et j'ai saisi ma chance...

Elle frissonna violemment à ce souvenir. Enfouissant son visage dans la chemise trempée de Shep, elle poursuivit en sanglotant :

— J'avais tellement peur... Je savais que s'ils me rattrapaient, ils me tueraient. Tennyson est un fanatique. Je lui ai fait croire que j'étais prête à me rallier à leur cause, et il m'a ôté mes menottes...

Levant les yeux vers lui, elle reprit :

— Je n'ai jamais eu aussi peur de toute ma vie, Shep. A côté de ça, les courses d'obstacles ne sont rien. J'étais persuadée qu'ils allaient me retrouver et me tuer...

Doucement, il lui effleura la tête du bout des doigts.

— Tu es la femme la plus courageuse que je connaisse, petiote. Il n'y en a pas beaucoup qui auraient fait preuve d'un tel cran.

Maggie renifla et tenta une nouvelle fois de réprimer ses larmes.

— Je pensais tout le temps à toi, Shep... à ce baiser que nous avons échangé à Savannah, à tous les moments heureux que nous avons passés ensemble... et je ne voulais pas mourir. Tennyson doit rencontrer une autre faction d'Aube Noire à Charleston, dans un endroit appelé la Plantation Kemper. Puis nous devions tous prendre l'avion pour l'Albanie. Il y a dix membres d'Aube Noire qui attendent Tennyson là-bas.

Hochant la tête, Shep sourit et lui posa une main sur la nuque.

— Maggie, ce qu'il y a entre nous, si imparfait que ce soit, c'est quelque chose de bien, de solide. Accroche-toi à cette idée, d'accord ? Je vais nous sortir de là, je te le promets.

Tremblante, Maggie acquiesça, se repaissant de la lueur de tendresse et d'amour qu'elle voyait dans ses yeux bleus — oui, d'amour ! Elle ne se mentirait pas plus longtemps sur les sentiments qu'elle-même éprouvait. Déglutissant avec effort, elle murmura :

— Nous nous en sortirons, Shep. Je veux donner une deuxième chance à notre amour. Tu m'entends ?

L'ombre d'un sourire se dessina sur les lèvres de Shep.

— Tu es ma vie, petiote. Peu importe ce qui arrivera, nous travaillerons en équipe, désormais. J'écouterai ce que tu as à dire au lieu de vouloir tout diriger, comme j'en avais l'habitude. J'ai compris la leçon. D'accord ?

Combien ces mots paraissaient merveilleux aux oreilles de Maggie !

Emue, elle hocha la tête. L'air était plus frais, maintenant que l'orage était passé, et elle était parcourue de frissons, malgré l'étreinte protectrice des bras de Shep.

— Tu es sans doute furieux contre moi, parce que j'ai ouvert la porte à ces hommes, dit-elle d'un ton d'excuse.

En phrases hachées, elle entreprit alors de lui raconter ce qui s'était passé, et le vit hausser les sourcils d'un air incrédule.

— Ils connaissaient le mot de passe?

— Oui, répondit-elle. Crois-moi, je n'aurais jamais ouvert la porte sans cela, Shep! Tennyson m'a dit qu'il y avait une taupe au FBI qui leur transmettait des renseignements.

Shep jura à mi-voix.

— Je dois à tout prix en informer Preston, murmura-t-il, la mine sombre.

— Comment? Nous sommes au beau milieu de nulle part, Shep.

— Pas tout à fait, petiote. Quand je m'apprêtais à atterrir, j'ai repéré une ferme à environ un kilomètre d'ici, de l'autre côté de la route. Je répugne à mêler des civils à cette affaire, mais nous n'avons pas le choix. Si nous pouvons parvenir à cette ferme, j'appellerai les renforts...

— Mais... et les terroristes? Comment pourrions-nous traverser la route sans qu'ils nous voient?

Shep se redressa avec souplesse, relevant Maggie d'un même mouvement.

— En faisant très attention, répondit-il dans un souffle.

S'adossant au tronc, il s'étira de toute sa hauteur. Maggie semblait minuscule face à lui, mais elle avait un cœur de guerrière. Combien de femmes auraient-elles pris les risques qu'elle avait pris en s'enfuyant?

138

— Maggie Cœur-de-Lion, chuchota-t-il à son oreille. Viens, allons-y. Suis-moi de près. Tiens-moi par la ceinture, O.K. ? Si je me couche au sol, tu te couches aussi. Compris ? Et si tu entends quelque chose, tire sur ma ceinture pour me prévenir. L'orage s'éloigne. Bientôt, tout redeviendra calme, et ils nous repéreront alors beaucoup plus facilement.

Le cœur battant, Maggie acquiesça. Elle avait peur, mais elle était aussi emplie de joie : Shep lui avait demandé son aide. Ils formaient vraiment une équipe, à présent. « Je t'aime », faillit-elle lui dire, tout en passant les doigts dans sa ceinture.

Shep avait vu juste. Quelques minutes plus tard, l'orage s'éloigna en direction de la côte. L'obscurité était si épaisse qu'ils devaient se déplacer lentement d'arbre en arbre, les mains tendues devant eux, à l'aveuglette. A plusieurs reprises, Maggie trébucha sur des rochers ou des souches — mais elle ne tomba pas, agrippée comme elle l'était à la ceinture de Shep. Il avançait à petits pas afin qu'elle pût le suivre, et elle était stupéfaite par sa démarche souple et silencieuse comme celle d'un chat. Comme elle se sentait pataude, par comparaison ! Puis elle se dit qu'il était habitué au danger, et que la montée d'adrénaline lui permettait sans doute de penser plus clairement, contrairement à elle.

De temps à autre, elle entendait la voix de Tennyson se répercuter à travers la forêt. Et chaque fois, ils s'accroupissaient, et attendaient. Les cris furieux de Tennyson paraissaient toujours venir de la rivière. Quand ils s'approchèrent de la route, Maggie entendit Alex appeler ses complices, avec son fort accent slave. Shep et elle se figèrent et s'agenouillèrent précautionneuseusement sur le tapis d'aiguilles détrempé. Terrorisée, Maggie comprit brusquement qu'ils étaient tout près de la camionnette ! Elle discernait les contours du véhicule contre les formes plus sombres des pins de l'autre côté de la route. En apercevant le rayon lumineux d'une torche électrique, elle se pétrifia, n'osant plus respirer.

Shep lui prit la main pour l'aider à se relever.

— Viens, chuchota-t-il.

L'homme à la torche électrique s'éloignait en direction de la rivière. C'était le moment ou jamais de traverser la route !

Shep pressa le pas, et Maggie accéléra pour demeurer à sa hauteur. Il allait traverser la route à la vue d'Alex ! Shep était-il devenu fou ? se demanda-t-elle. Mais elle n'eut pas le temps de lui poser la question. Ils dévalèrent le talus, franchirent le fossé et traversèrent en courant la chaussée mouillée. Une fois de l'autre côté, Shep l'entraîna vers la brèche dans la clôture.

Haletante, le cœur cognant follement contre sa cage thoracique, Maggie se laissa hisser en haut du talus. Ils étaient de nouveau sous le couvert des arbres, et sa frayeur se dissipa quelque peu. Ils ralentirent l'allure. Leurs yeux s'étaient adaptés à l'obscurité, maintenant, et ils ne risquaient plus de se heurter aux arbres. Shep gardait sa main serrée dans la sienne. Au bout de quelques minutes, ils débouchèrent dans une prairie où des vaches broutaient paisiblement.

— Là ! s'écria Maggie, en tendant le doigt vers la gauche. Des lumières !

Shep s'arrêta. Il n'était pas essoufflé, mais il entendait Maggie haleter, et il voulait lui laisser le temps de reprendre haleine. En l'enlaçant, il réalisa qu'ils faisaient des cibles faciles, debout au milieu de cette prairie.

— C'est la ferme, murmura-t-il. Peux-tu marcher jusque-là? Nous ne pouvons pas rester ici.

— Allons-y, dit Maggie, revigorée par son étreinte.

Tantôt marchant, tantôt courant dans l'herbe humide, ils se dirigèrent vers les lumières. Mais elles paraissaient si lointaines! songea Maggie, épuisée. Un kilomètre, ou même deux... Elle jetait de fréquents regards par-dessus son épaule pour s'assurer qu'ils n'étaient pas suivis. Ils traversèrent une pâture après l'autre, en se glissant sous les palissades. Les vaches levaient la tête, les contemplaient, puis se remettaient à brouter, comme si elles savaient d'instinct qu'ils ne représentaient pas une menace pour elles.

La ferme se trouvait au sommet d'une butte, entourée de chênes majestueux. Quand ils foulèrent le gravier de l'allée, un chien se mit à aboyer, et le cœur de Maggie se serra. D'une pression de la main, Shep la rassura. Puis la porte de la maison s'ouvrit, et un homme aux cheveux gris apparut sur le seuil, flanqué d'un colley qui ne cessait d'aboyer.

Shep gravit les marches et s'arrêta en face du fermier. Celui-ci semblait âgé d'une soixantaine d'années. Il avait le visage creusé par une vie de labeur et tanné par le grand air, et portait des lunettes bas perchées sur son nez étroit, et une salopette délavée. Posant une main sur la tête du chien pour le faire taire, il s'enquit:

— Que voulez-vous?

Shep, qui avait rangé son arme pour ne pas l'effrayer, expliqua:

— Je suis Shep Hunter, et je travaille pour le FBI.

Il brandit son insigne sous les yeux de l'homme, avant d'ajouter :

— Nous devons passer un coup de fil de toute urgence. Pourrions-nous nous servir de votre téléphone ?

— Elmer ? appela une voix de femme, de l'intérieur de la maison.

— Ne t'inquiète pas, Trudy, ce sont des policiers, répondit l'homme. Vous avez des ennuis ? reprit-il en s'adressant à Shep.

— Oui. Nous ne resterons pas longtemps. Nous avons juste besoin de votre téléphone, monsieur... ?

— Hawkins. Elmer Hawkins.

Se tournant vers son épouse, une femme mince en jean et sweat-shirt, le fermier poursuivit :

— Voici ma femme, Trudy. Trudy, fais-les entrer. Ces jeunes gens ont un problème. Ils ont besoin de téléphoner.

Shep les remercia d'un signe de tête. Il respira mieux dès que la porte se fut refermée sur eux : debout sur le perron, ils étaient trop exposés.

— Vous êtes trempés comme des rats d'eau, dit la fermière en claquant la langue. Venez dans la cuisine, proposa-t-elle avec un sourire chaleureux. Je vais vous servir quelque chose de chaud...

— Non, merci, madame. Je dois absolument téléphoner, répondit Shep.

Désignant une pièce à droite de l'entrée, Trudy indiqua :

— Le téléphone est là, dans le séjour, sur la petite table à côté du canapé.

Reportant son attention sur Maggie, elle reprit :

— Vous êtes mouillée jusqu'aux os, ma petite. Voulez-vous que je vous apporte un blouson?

Maggie sourit faiblement. Les bras croisés contre ses flancs, elle ne pouvait s'empêcher de claquer des dents.

— Oh, ce serait très gentil, madame Hawkins. Merci beaucoup.

— Allons dans le séjour, proposa Elmer. Trudy, je vais aller chercher des vêtements secs pour ces jeunes gens. Pendant ce temps, prépare-leur une boisson chaude. C'est une nuit à ne pas laisser un chien dehors.

Trop émue pour pouvoir exprimer sa gratitude, Maggie pénétra dans la salle de séjour remplie de meubles anciens. La télévision était allumée, mais on avait coupé le son. Shep était au téléphone, parlant à voix basse, d'un ton pressant. Maggie n'osa pas s'asseoir sur le canapé dans ses vêtements humides; à sa grande confusion, elle s'aperçut qu'elle laissait derrière elle des empreintes de pas boueuses. Frissonnante, elle s'approcha de Shep et écouta sa conversation avec Preston.

Elmer fut le premier à les rejoindre.

— Tenez, murmura-t-il, enfilez ceci. C'est la veste la plus chaude de Trudy.

— Oh, merci, dit Maggie avec un faible sourire.

Dès qu'elle eut passé le blouson molletonné, garni de duvet, elle se sentit réchauffée. Elmer déposa une veste en ciré noir sur le canapé à l'intention de Shep.

— Buvez ça, ma petite, dit Trudy en apportant un plateau garni de deux bols fumants. J'ai ajouté un peu de miel. J'espère que vous l'aimez?

— Merci beaucoup, murmura Maggie en prenant le bol brûlant entre ses mains glacées. Vous ne pouvez pas savoir à quel point cela me paraît merveilleux.

Elle avait cessé de claquer des dents, et elle souffla sur le breuvage ambré pour le refroidir un peu. Elle but une gorgée, et sentit aussitôt la chaleur se répandre dans sa gorge, et son estomac se dénouer.

— C'est délicieux, dit-elle à Trudy.

— Une recette de ma grand-mère, expliqua Trudy d'un air satisfait. De la camomille et du houblon. Vous me paraissiez à bout de nerfs, et je me suis dit qu'une tisane vous détendrait.

— Vous êtes extrêmement gentille, madame Hawkins, reprit Maggie, qui sentait sa terreur se dissiper un peu plus à chaque nouvelle gorgée. Ouvrir ainsi votre porte à des inconnus, en pleine nuit...

— C'est tout naturel. Il y a de quoi attraper la mort, dehors par ce temps, s'inquiéta la fermière. Ne pouvez-vous pas rester ici, bien au chaud ?

— Impossible, répondit Shep en raccrochant le téléphone. Nous devons repartir.

Il vit la frayeur reparaître dans les yeux de Maggie, ses mains se crisper sur le récipient qu'elle serrait contre sa poitrine. S'emparant du bol qui lui était destiné, il but avec un plaisir non dissimulé.

— Toutes les autorités ont été alertées, déclara-t-il à Maggie.

Puis, se tournant vers leurs hôtes, il poursuivit :

— Ce qu'il me faudrait à présent, monsieur Hawkins, c'est un véhicule, si vous en avez un, et un téléphone portable. Nous devons nous rendre à Charleston au plus vite. Pourriez-vous nous prêter une voiture ?

— Eh bien, répondit Trudy en passant un bras autour de la taille de son mari, nous avons un camion. Cela vous conviendrait-il, monsieur Hunter ?

144

— N'importe quel véhicule fera l'affaire, affirmat-il. Et si jamais nous l'endommageons, toutes les réparations seront à la charge du gouvernement.

— Oh, dit Trudy, c'est parfait. Attendez, je vais chercher les clés, ajouta-t-elle en se précipitant hors de la pièce.

— Que devons-nous faire, monsieur Hunter? s'enquit Elmer d'un air préoccupé. Y a-t-il un risque que ces « ennuis » qui semblent vous poursuivre viennent jusqu'ici?

— J'en doute. Mais si des gens venaient vous poser des questions, faites comme si vous n'étiez au courant de rien. Selon toute probabilité, ils ne s'en prendront pas à vous. C'est nous qu'ils veulent. Et s'ils ne nous retrouvent pas rapidement, ils seront obligés de repartir bredouilles. S'ils débarquent ici, ne vous affolez pas et jouez les ignorants.

— Cela ne me sera pas difficile, dit Elmer en souriant.

— Vous êtes pourtant loin d'être bête, monsieur Hawkins, protesta Maggie avec un petit rire.

— Ma foi, vous savez comment les citadins nous considèrent, nous autres culs-terreux, répliqua Elmer, les yeux pétillant de gaieté. Ne vous inquiétez pas pour nous, ma petite dame. Tout se passera bien.

Trudy revint dans le séjour, brandissant un trousseau de clés.

— Lequel leur donnes-tu? s'enquit son mari.

— Le trois quarts de tonne, répondit Trudy. Penses-tu que ce tank pourra les conduire jusqu'à Charleston?

Elmer hocha la tête en gloussant.

— Ce camion est vieux de cinq ans, monsieur Hunter, mais, comme le dit ma femme, c'est un vrai tank. Là-dedans, vous serez en sécurité. Il est très résistant et pourra vous rendre service, en cas de pépin.

— J'ai davantage de chance que je ne le mérite, monsieur et madame Hawkins, dit Shep en prenant les clés. Quand tout sera terminé, nous reviendrons vous dire merci. Sans votre aide, nous serions vraiment en mauvaise posture.

Il informa ensuite Elmer que ses vaches avaient renversé la clôture.

— Pour le moment, elles sont rentrées dans leur pré, mais vous devriez réparer ça dès que possible.

— Je m'en occuperai dès demain matin. Merci de m'avoir prévenu.

— Passez par la porte de derrière, monsieur Hunter, reprit Trudy. Mais d'abord, enfilez ce ciré. Le garage est à droite, derrière la maison. Vous trouverez le camion à côté de notre berline.

Maggie serra les mains de Trudy entre les siennes.

— Vous êtes nos sauveurs. Merci pour tout.

— Faites attention à vous, grommela Elmer d'une voix bourrue.

Shep remercia ses hôtes une nouvelle fois, puis dévala les marches en direction du garage, Maggie derrière lui.

— Nous avons de la chance, dit-il en contemplant l'énorme camion rouge. Cet engin est capable de résister à tous les chocs.

En s'asseyant du côté passager, Maggie croisa le regard de Shep.

— Crois-tu que nous allons avoir des problèmes ? s'enquit-elle.

Shep claqua la portière et mit le contact. Le moteur se mit à rugir.

146

— Je ne sais pas. Ce camion a un moteur puissant, ça pourrait s'avérer utile.

Tout en passant la marche arrière, il ajouta :

— S'il se produit quoi que ce soit, tu te couches par terre, vu ?

— Ne t'inquiète pas, tu n'auras pas besoin de me le dire deux fois, répondit Maggie.

Elle contempla son profil déterminé. C'était l'homme qu'elle aimait. Allaient-ils s'en sortir ? Pourraient-ils échapper à Aube Noire ? Tremblante, elle croisa les bras sur sa poitrine.

— La police ne va-t-elle pas intervenir ? demanda-t-elle.

— Si, mais cela va prendre un certain temps. Nous sommes à cinquante kilomètres de la ville. Et jusque-là, petiote, nous ne pouvons compter que sur nous-mêmes...

9.

Shep roulait tous feux éteints sur la route boueuse menant à la nationale. Tout autour d'eux fulguraient encore des orages se dirigeant vers Charleston ou s'attardant à l'ouest. Shep regarda Maggie, qui ajustait sa ceinture de sécurité.

— Prends mon pistolet, dit-il en lui tendant l'arme. Je tiens le volant, et toi, tu tires. Après tout, c'est toi l'experte dans ce domaine.

Shep la traitait enfin en égale, il la considérait comme un membre à part entière de l'équipe qu'ils formaient... Avec un large sourire, Maggie répondit :

— Sage décision. De nous deux, c'est moi l'as de la gâchette, cow-boy.

Elle vérifia l'arme et ôta le cran de sûreté.

— Tu trouveras des munitions là-dedans, précisa Shep en montrant le sac placé entre les deux sièges.

Puis il plissa les yeux, scrutant la route qui s'enfonçait entre deux bouquets de pins.

— Sois sur tes gardes, reprit-il d'une voix grave. Les terroristes pourraient bien nous attendre au coin de ce bois.

Crispant ses mains sur le volant, il se força à respirer

de façon régulière. La nationale n'était plus qu'à cinq cents mètres environ; Elmer leur avait indiqué que la jonction se trouvait juste avant le pont. Cela voulait dire qu'ils avaient laissé le Cessna et la camionnette derrière eux. Les membres d'Aube Noire continuaient-ils à chercher Maggie le long de la rivière? Ou avaient-ils repris la route en direction de Charleston? Hunter était conscient que sa vie et celle de Maggie étaient toujours menacées, et qu'il n'y avait pas de réponses toutes prêtes à ces questions.

Maggie écarquilla les yeux tandis qu'ils s'approchaient de la forêt de pins. Ses doigts glacés étreignirent plus fort le métal froid du pistolet. L'idée de tuer quelqu'un la révulsait. Elle aimait le tir à la cible précisément parce que c'était un sport inoffensif, où l'on ne faisait de mal à aucune créature vivante. Sentant la tension qui émanait de Shep, elle posa la main sur son avant-bras.

— Ecoute, Shep, quoi qu'il arrive, je veux que tu saches...

C'est alors que des balles firent exploser le pare-brise. Maggie hurla et mit ses mains devant ses yeux pour se protéger de la pluie d'éclats de verre qui s'abattait sur eux.

— Bon Dieu! gronda Shep en écrasant l'accélérateur.

Le camion mugit comme un taureau blessé, dérapa d'un côté à l'autre de la chaussée glissante, puis se redressa et reprit sa course en ligne droite. De part et d'autre de la route, les coups de feu trouaient la nuit de leurs fulgurances orangées, formant comme une haie flamboyante. Du coin de l'œil, Shep vit Maggie riposter par des tirs nourris. Une grêle de balles ricocha sur

150

la carrosserie, et il baissa la tête, en gardant les yeux rivés sur la route.

Dès qu'ils eurent rejoint la nationale, Shep alluma les phares et prit la direction du pont. Les détonations avaient cessé. Ils étaient tirés d'affaire — provisoirement du moins.

Haletante, Maggie éjecta un chargeur vide et le remplaça par un neuf.

— Tu n'as rien? s'enquit-elle, criant pour couvrir le bruit du vent qui s'engouffrait à travers le pare-brise troué.

— Non, et toi?

— Non, ça va...

Shep conduisait à une allure folle, et ils abordèrent le pont sur les chapeaux de roue. La chaussée était encore humide, mais, heureusement, grâce à son poids, le camion avait une excellente tenue de route.

En se retournant, Maggie distingua des lumières derrière eux. La camionnette les avait pris en chasse!

— Ils nous suivent, Shep. Oh, Seigneur...

— Prends le portable, ordonna-t-il. Appelle ce numéro...

Les doigts tremblants, Maggie s'exécuta. Quand la sonnerie retentit dans l'écouteur, elle passa le téléphone à Shep.

— Oui, Preston, c'est moi. Nous avons un problème. Nous roulons dans votre direction. Nous venons juste de franchir le pont qui enjambe la rivière...

Il donna à son interlocuteur le signalement du camion qu'il conduisait, puis reprit :

— Les terroristes sont à nos trousses. Que pouvez-vous faire pour nous aider? Nous n'avons qu'un pistolet, alors qu'ils sont munis d'armes automatiques et semi-automatiques...

Les phares du camion transperçaient l'obscurité, éclairant la route déserte bordée de pins, pareille à un couloir, un étroit défilé. L'œil aux aguets, Shep cherchait à repérer une voie latérale qui lui permettrait peut-être de semer leurs poursuivants.

Maggie avait senti l'anxieté qui perçait dans la voix de Shep, tandis qu'il parlait au téléphone. Elle jetait sans cesse des regards derrière elle, mais elle ne discernait plus les feux de la camionnette — pour le moment, en tout cas. Le visage de Shep avait revêtu une expression qui la terrifiait; dans l'obscurité, le tableau de bord lumineux soulignait ses traits durs et âpres, comme sculptés dans la glace. Elle perçut sa déception quand il coupa la communication et lui rendit le portable.

— Preston va essayer de se procurer un hélicoptère à la base des Marines de Parris Island. Mais il ne peut rien me promettre, à cause des orages. Bon sang, fulmina-t-il en tapant du poing sur le volant, dans un accès de rage impuissante.

— Quelle distance nous reste-t-il à parcourir pour rejoindre les forces de police?

— Une trentaine de kilomètres, répondit Shep d'un ton neutre.

Brusquement, il aperçut un chemin de terre et appuya de toutes ses forces sur le frein.

— Accroche-toi! cria-t-il à Maggie.

Les pneus crissèrent en un gémissement aigu, tandis que le camion tanguait lourdement d'un côté et de l'autre.

— Que fais-tu? demanda Maggie, s'agrippant des deux mains à son siège.

— J'essaie de me débarrasser de nos admirateurs !
répondit Shep, en braquant vers la gauche.

Le chemin ressemblait à de la tôle ondulée, et de
violents cahots ébranlèrent la cabine, les faisant rebondir sur leurs sièges.

— Sais-tu où mène cette route ? s'enquit Maggie.

— Je n'en ai pas la moindre idée, répondit-il d'une
voix tendue.

Il manœuvrait le volant à deux mains ; la route était
tellement accidentée, creusée d'ornières et de nids-de-
poule, qu'il était obligé de rouler lentement.

— Rappelle Preston, commanda-t-il d'un ton bref.
Dis-lui que nous avons tourné un peu après la borne
54.

— Entendu, dit Maggie en composant le numéro,
tandis que son cœur cognait à grands coups contre ses
côtes.

Tandis qu'elle exposait la situation à Preston,
celui-ci compulsait une carte routière, et, à son grand
soulagement, Maggie l'entendit bientôt déclarer :

— Cette route décrit une boucle. Elle rejoint la
nationale après environ trois kilomètres.

Elle transmit cette réponse à Shep, qui hocha la tête.

— Bien. La camionnette nous aura peut-être dépassés...

Eteignant le téléphone portable, Maggie reprit le pistolet et, se tournant vers Shep, murmura :

— Hunter, si nous en sortons vivants, j'aimerais
avoir une chance de refaire ta connaissance dans des
circonstances moins éprouvantes. Qu'en penses-tu ?

Il lui lança un regard de côté et riposta, avec un
léger sourire :

— C'est promis, petiote.

Mais survivraient-ils à cette poursuite infernale ? En lui-même, il songea que rien n'était moins sûr et, le cœur serré, se dit qu'il ne pourrait peut-être jamais tenir cette promesse...

— Je sais bien que nous ne pouvons pas nous empêcher de nous quereller, reprit Maggie. Et que nous sommes tous deux pareillement obstinés...

— De vraies têtes de mule, renchérit Shep.

— Tu peux le dire !

— Mais je t'aime, quoi qu'il en soit.

A ces mots, Maggie sentit son cœur bondir d'allégresse. Bouche bée, elle contempla le profil résolu de Shep. A chaque cahot, chaque rebond du camion sur la route, de nouveaux éclats de verre se détachaient du pare-brise, atterrissant sur le plancher, ou sur leurs genoux...

— Qu'as-tu dit ? murmura-t-elle, incrédule.

Avait-elle bien entendu — ou n'était-ce qu'un effet de son imagination ?

Ralentissant encore, Shep lui prit la main.

— J'ai dit que je t'aime, Maggie Harper. Les vingt-quatre heures qui viennent de s'écouler m'en ont apporté la preuve. Et toi, qu'en dis-tu ?

Les doigts de Shep étaient si chauds et si fermes sur sa peau glacée... Serrant brièvement cette main dans la sienne, Maggie répondit d'une voix étranglée :

— Moi aussi, je t'aime, Hunter. Ne me demande pas pourquoi. Je n'avais jamais compris à quel point tu me manquais jusqu'à ce que tu fasses de nouveau irruption dans ma vie.

La bouche de Shep s'incurva en un sourire satisfait. Lâchant la main de Maggie, il se concentra de nouveau sur la conduite.

— Peut-être que ce qui nous séparait autrefois, ce qui nous a poussés à rompre, c'était le fait que je ne te traitais pas en égale ?

Ils avaient parcouru près de deux kilomètres, à présent, et la route décrivait une courbe vers la droite, pour revenir vers la nationale.

Maggie acquiesça, puis courba la tête, car le vent froid s'engouffrant par le pare-brise lui faisait venir les larmes aux yeux.

— Oui... c'est vrai. Autrefois, tu me traitais comme une idiote.

— Non, je ne t'ai jamais prise pour une idiote, affirma-t-il avec un petit rire.

Comme il aurait voulu pouvoir s'arrêter, prendre Maggie entre ses bras, l'embrasser jusqu'à perte de souffle et lui faire l'amour ! Son désir était si fort qu'il en devenait douloureux. Oh, si seulement il pouvait lui prouver combien elle comptait pour lui, combien il l'aimait, combien il l'avait toujours aimée...

Maggie eut un faible sourire et, scrutant le profil durci, comme figé, de Shep dans la pénombre de la cabine, s'enquit dans un souffle :

— Penses-tu que nous en réchapperons ?

Shep haussa les épaules, ralentit et éteignit les phares. Ils n'étaient plus qu'à quelques centaines de mètres de la nationale.

— J'y compte bien, grommela-t-il.

Manifestement, Maggie ne tenait pas vraiment à connaître leurs chances de survie ; elle était déjà suffisamment terrifiée comme cela. Ses traits étaient crispés dans son visage livide, où le sang perlait par endroits, là où les éclats de verre l'avaient entaillé... Shep était bouleversé au spectacle de cette chair tendre si cruellement meurtrie. Il n'avait pas prévu cette embuscade, mais cela démontrait bien l'obstination d'Aube Noire ; les terroristes ne renonceraient pas si facilement à leur proie.

Maggie se tordait le cou pour tenter de discerner d'autres véhicules sur la route. Malheureusement, les pins l'empêchaient de voir.

— Je commence à haïr les arbres, dit-elle. Je ne distingue rien sur ma droite.

— Ne t'inquiète pas, nous arrivons sur la nationale, répondit-il d'un ton apaisant.

Dès que les pneus touchèrent de nouveau le bitume, Shep appuya sur l'accélérateur et prit le virage en direction de Charleston.

Instantanément ou presque, les balles se remirent à crépiter autour d'eux. Maggie eut l'impression qu'un déluge de grêlons s'abattait sur le véhicule, et ne put contenir un cri de terreur, en repliant ses bras au-dessus de sa tête. Des phares s'allumèrent brusquement derrière eux. Se retournant en sursaut, elle s'écria :

— C'est eux !

Jurant entre ses dents, Shep écrasa l'accélérateur.

— Tire-leur dessus ! Essaie d'atteindre leurs pneus, avant qu'ils ne crèvent les nôtres !

Maggie déboucla sa ceinture de sécurité et s'agenouilla sur son siège, puis, à travers la vitre arrière brisée, fit feu en direction de leurs poursuivants. Mais elle avait du mal à ajuster son tir, car les phares de la camionnette l'aveuglaient, et le vent glacé lui engourdissait les doigts. Elle se concentra. Les balles sifflaient à ses oreilles ; l'une d'elles lui frôla la tête. Éperdue, elle vit la camionnette se rapprocher de plus en plus...

156

— Ils vont nous rentrer dedans! hurla-t-elle.

Trop tard. Le choc se produisit, la projetant en avant. Elle heurta violemment le tableau de bord avant de retomber sur le plancher.

— Accroche-toi! cria Shep, tout en se démenant pour garder le contrôle du véhicule.

Une nouvelle fois, la camionnette des terroristes heurta violemment l'arrière du camion, tandis qu'une pluie de balles se déversait sur eux. Des fragments de verre volèrent en tous sens. Shep sentit une douleur cuisante au visage, mais, sans quitter la route des yeux, il accéléra encore, poussant le moteur à cent quatre-vingt-dix. Serrant le volant à deux mains, il cria à Maggie :

— Es-tu blessée?

Maggie se redressa et répondit d'une voix haletante :

— Non, ça va...

Puis elle se remit à tirer méthodiquement sur leurs poursuivants. Soudain, elle entendit un bruit analogue à celui d'un bouchon qui saute, et vit la camionnette faire une brusque embardée vers la droite.

— Je les ai touchés! cria-t-elle, au comble de l'excitation.

Sous ses yeux ébahis, la camionnette ralentit et termina sa trajectoire contre le talus bordant la route.

— Bravo! s'exclama Shep. A présent, rassieds-toi et boucle ta ceinture. Il nous reste encore quinze kilomètres à parcourir avant de rejoindre les forces de police.

Exultante, grisée par son triomphe, Maggie obéit. Elle avait neutralisé leurs adversaires en crevant un pneu de leur camionnette! Cette victoire la transportait de joie, et l'afflux d'adrénaline la faisait trembler, tant son soulagement était grand, après les affres de cette poursuite meurtrière.

— Tu n'as rien? demanda-t-elle à Shep, tout en remplaçant le chargeur de son arme.

— Non. A peine une égratignure, répondit Shep. Mais... qu'est-ce donc? s'écria-t-il en apercevant une lueur dans le ciel, sur leur droite.

— De quoi parles-tu...? s'enquit Maggie en regardant dans la direction qu'il indiquait.

Des lumières rouges et vertes apparaissaient au-dessus d'un bouquet de pins.

— Ce ne peut être qu'un hélicoptère, pour voler aussi bas... C'est sûrement celui de Parris Island! s'écria-t-elle avec enthousiasme.

Elle ne distinguait pas grand-chose dans la nuit sombre, éclairée seulement par des éclairs intermittents.

— Oui! reprit-elle. C'est un hélicoptère militaire. Il est noir. Entièrement noir.

Levant le pied de l'accélérateur, Shep ordonna :

— Appelle Preston. Dis-lui que l'hélico est arrivé.

Maggie s'empressa d'obéir. Mais, à sa consternation, elle s'entendit répondre :

— De quel hélico parlez-vous? Celui des Marines est immobilisé au sol. Il y a un orage juste au-dessus de l'île, et il est impossible de prendre l'air en ce moment.

Médusée, Maggie leva la tête vers l'appareil qui arrivait tout droit sur eux, rasant la cime des pins.

— Shep... je ne comprends pas. Preston dit que l'hélico des Marines ne peut pas décoller, en raison de l'orage. Mais alors, d'où vient celui-ci?

Il se rembrunit aussitôt.

— Bon sang, Maggie! Cet appareil doit appartenir à Aube Noire! Tennyson devait être en contact avec eux en permanence!

Il accéléra immédiatement, sans détacher son regard de l'hélicoptère, qui approchait rapidement par la droite.

— Tiens-toi bien! cria-t-il à Maggie.

Paniquée, elle s'agrippa à la poignée de la portière.

— Que vas-tu faire? demanda-t-elle.

Avant d'avoir pu répondre, Shep aperçut des lueurs rouges et jaunes sur le flanc de l'appareil.

— Couche-toi! hurla-t-il.

Maggie ouvrit la bouche, mais le cri ne parvint pas à sortir de sa gorge. Elle vit des lumières danser en dessous de l'hélico, pareilles à des lucioles, et entendit quelque chose s'écraser avec un bruit mat contre le talus. Des balles! On les mitraillait, comprit-elle avec un temps de retard, l'esprit paralysé d'effroi. Shep appuya à fond sur le frein; le camion s'immobilisa dans un gémissement de pneus, tandis que l'arrière décrivait une embardée. Puis Shep appuya de nouveau sur l'accélérateur, pour se placer hors de la ligne de tir.

L'hélicoptère noir vrombit et, virant brusquement, fit demi-tour avant de revenir droit sur eux, à plus basse altitude encore. Les mitraillettes lâchèrent une nouvelle rafale, tandis que Shep, pied au plancher, repartait en direction de la camionnette blanche.

— Accroche-toi! cria-t-il en appuyant sur le frein. Le camion dérapa sur quelques dizaines de mètres, avant de s'immobiliser dans une violente secousse. Shep accéléra de nouveau; le camion bondit en avant. Ils roulaient maintenant dans la direction de Charleston. Grâce à cette tactique, l'hélicoptère ne parvenait pas à les toucher. Mais pour combien de temps encore?

— Maggie, recharge ton arme! cria-t-il par-dessus le rugissement du moteur et le hurlement du vent.

Concentré sur la route, ses mains serrant le volant avec tant de force que ses jointures en étaient blanches, il la vit accomplir les gestes nécessaires, avec des doigts tremblants.

Mais, avant qu'il ait pu lui adresser les paroles d'encouragement qui lui montaient aux lèvres, il sentit le camion osciller. Leur véhicule venait d'être touché ! Leurs assaillants devaient utiliser des projectiles de cinquante millimètres. Rien ne pouvait résister à des munitions de ce type. Ecrasant le frein sous son pied, Shep entendit deux pneus éclater simultanément.

Maggie hurla, tandis que le camion, échappant au contrôle de Shep, décrivait de folles embardées ; lancé à toute vitesse, il passa par-dessus le talus et dévala la pente en direction d'un bouquet de pins. De nouveaux projectiles sifflèrent autour d'eux, dans des gémissements de métal broyé. Maggie mit ses mains devant son visage. Ils allaient mourir ! Elle ne voyait pas comment ils pourraient en réchapper. Non, la fin était venue...

Le camion s'immobilisa en cahotant, à quelques mètres seulement du bosquet de pins. Au-dessus d'eux, ils pouvaient sentir le souffle des pales de l'hélicoptère.

Shep déboucla sa ceinture en toute hâte.

— Maggie, sors du camion, vite ! s'exclama-t-il.

Il savait que, d'une seconde à l'autre, les balles pouvaient atteindre le réservoir, et faire exploser le camion. Il vit Maggie se débattre inutilement contre le harnais qui l'emprisonnait, trop affolée pour parvenir à s'en libérer. Une lumière aveuglante les frappa en plein visage. L'hélicoptère était sur eux ! Il détacha la ceinture de Maggie, puis, étendant le bras, ouvrit la portière.

— Sors d'ici ! cria-t-il en la poussant de toutes ses forces.

Maggie atterrit à quatre pattes dans l'herbe humide et leva la tête, terrorisée, vers l'hélicoptère qui, à moins de trente mètres au-dessus d'eux, continuait à déverser sur le camion une pluie de métal.

D'un bond, Shep fut près d'elle. Lui agrippant le bras, il la releva sans ménagement et l'entraîna vers les arbres.

— Cours ! cria-t-il. Cours !

Maggie avait l'impression que ses jambes étaient coulées dans le béton. Elle glissa à plusieurs reprises dans l'herbe mouillée, et chaque fois la poigne ferme de Shep la remit sur ses pieds. Le rugissement des pales du rotor et le sifflement des balles étaient assourdissants. D'autres projectiles atteignirent le camion. Shep ralentit l'allure et se plaça derrière Maggie, qui comprit qu'il voulait s'interposer entre elle et l'hélicoptère, lui faire un bouclier de son corps...

Elle entendit une déflagration. Une seconde plus tard, elle sentit l'onde de choc provoquée par l'explosion du camion, et fut projetée au sol. L'air parut s'embraser, et la chaleur se fit intense. Roulant sur elle-même, Maggie battit des bras pour reprendre son équilibre. Recroquevillée dans l'herbe, les yeux agrandis d'horreur, elle vit que le camion n'était plus qu'une carcasse en flammes. *Shep !* Où était-il ?

Promenant autour d'elle des regards éperdus, elle l'aperçut enfin, à une dizaine de mètres de là, étendu sur le sol, immobile. Oh, non ! Etait-il blessé ? Il lui avait fait un rempart de son corps, il avait voulu la protéger, sachant que l'explosion allait se produire d'un instant à l'autre... Il avait fait cela parce qu'il l'aimait.

161

Les larmes aux yeux, Maggie se releva et, titubante, s'élança vers la forme inanimée.

Dans le ciel, l'hélicoptère vira soudain, venant droit sur eux. Maggie s'agenouilla près de Shep, qui ouvrit les yeux et fixa sur elle un regard hébété.

— Shep? dit-elle en effleurant d'une main tremblante le visage ensanglanté. Parle-moi..., implora-t-elle d'une voix enrouée. Tu n'as rien?

Shep secoua la tête et se redressa avec effort. L'effroi qu'il lisait dans les yeux de Maggie le bouleversait au plus haut point, et, de nouveau, un sentiment de culpabilité l'assaillit. Il ne s'était pas attendu qu'Aube Noire employât d'aussi grands moyens, et allât jusqu'à les faire suivre par un hélicoptère... Cela prouvait une fois de plus que les terroristes étaient prêts à tout pour s'emparer de la mallette qu'ils croyaient toujours en leur possession.

Shep se releva et attira Maggie contre lui. Le vacarme du rotor de l'hélicoptère, se rapprochant inexorablement, leur emplissait les oreilles. Le phare placé à l'avant balayait la nuit en tous sens pour essayer de les repérer. Shep appuya ses lèvres contre l'oreille de Maggie pour se faire entendre.

— Donne-moi le pistolet.

Elle le lui tendit d'une main tremblante.

En hâte, Shep la guida vers un épais bosquet.

— Reste là. Quoi qu'il se passe, reste à couvert.

Avant qu'elle ait pu lui poser la moindre question, il s'élança vers l'hélicoptère, dont le projecteur continuait à balayer le sol méthodiquement. Le souffle court, Maggie se demanda ce qu'il espérait pouvoir faire contre un tel ennemi. Le combat était trop inégal, songea-t-elle avec désespoir, tandis qu'un flot de bile lui montait à la bouche...

Haletant, Shep courait en zigzaguant d'un bouquet d'arbres à l'autre ; le phare puissant de l'hélicoptère lui permettait de voir comme en plein jour. Il devinait les intentions de leurs ennemis : après les avoir débusqués, ils les abattraient, puis atterriraient pour récupérer la mallette et les bactéries d'anthrax.

Eh bien, ils allaient être déçus, se dit-il en serrant les mâchoires. Il aimait Maggie, et il voulait avoir une chance de le lui prouver. Et ce n'étaient pas ces cinglés de terroristes qui allaient l'en empêcher !

Il ferait tout pour redémarrer du bon pied, pour que leur couple fonctionne, cette fois. Il la traiterait en égale, en partenaire à part entière... Il espérait toutefois que, dans l'immédiat, elle lui obéirait, et resterait à l'abri sous les pins.

Le souffle du rotor le fit vaciller : l'hélico était presque au-dessus de lui, à présent. Pas encore assez près, cependant... Essayant d'anticiper les manœuvres du pilote, Shep se mit à courir plus vite. Mais il dérapa soudain sur le sol mouillé et tomba à terre. Poussant un juron de colère, il roula sur lui-même et se releva prestement. Pour mettre son plan à exécution, il devait se placer à un endroit bien précis, et les pins constituaient un obstacle. Mais son plan réussirait-il ? Oui, il le fallait ! C'était leur unique chance de salut.

Le souffle rauque, les poumons en feu, il s'arrêta enfin. Oui, c'était l'emplacement idéal. Levant les bras, il s'accouda à une branche pour mieux ajuster son tir. Au sommet de l'hélicoptère clignotait une petite lumière rouge. Chaque fois qu'elle tournait, elle éclairait le moyeu du rotor. C'était là la cible que Shep s'était fixée : il devait essayer d'atteindre le moyeu.

S'il réussissait, l'hélico s'écraserait. Le front ruisselant de transpiration, il battit des paupières pour chasser les gouttes de sueur qui lui piquaient les yeux, et attendit, en proie à une extrême tension. La cime des pins s'agitait violemment sous le souffle du rotor. S'il ratait son coup, il n'aurait pas une seconde chance... Avec une lenteur presque insupportable, l'hélicoptère se dirigea vers lui. Quand le rotor apparut au-dessus des arbres, Shep visa soigneusement. Il n'avait que quelques secondes pour toucher le moyeu...

La lumière rouge éclaira sa cible. Le doigt de Shep caressa doucement, presque amoureusement, la détente. Le pistolet sursauta dans sa main ; Shep vit la balle ricocher à quelques centimètres du moyeu. Des étincelles volèrent en tous sens. Si le pilote s'en apercevait, il s'éloignerait au plus vite, et ce serait fini...

Systématiquement, Shep vida le chargeur, tirant coup sur coup les huit balles qu'il contenait. Un sentiment de satisfaction l'envahit ; l'une d'elles, au moins, atteindrait le moyeu...

Une soudaine lueur jaillit dans la nuit, presque immédiatement suivie d'une terrible explosion. L'hélicoptère tressauta en gémissant comme une créature vivante. Le moyeu s'enflamma, et l'appareil descendit en piqué. Quelques secondes plus tard, il s'écrasa dans un bouquet de pins. Shep s'abrita derrière un large tronc, tandis que les pales tournoyaient follement, déchirant l'air et arrachant les branches. Le métal gémit puis vola en éclats, qui fendirent le ciel nocturne, tels des cimeterres meurtriers, fauchant tout sur leur passage.

L'arbre derrière lequel Shep s'était réfugié oscilla et frémit sous cette grêle de métal. Shep se recroquevilla au sol. L'atmosphère vibra sous de nouvelles explosions : le réservoir avait pris feu. Redressant prudemment la tête, Shep vit une nappe de flammes se déployer autour de l'épave. Il était impossible que quiconque ait survécu à l'accident.

Comprenant que le danger était passé, il se releva, encore abasourdi. Un morceau de pale s'était logé dans le tronc, à moins d'un mètre au-dessus de lui. Le métal était brûlant, constata-t-il en l'effleurant du bout des doigts. Une fois encore, la mort l'avait frôlé de près... Puis ses pensées se tournèrent vers Maggie. Etait-elle saine et sauve ? Avait-elle suivi ses instructions, était-elle restée à l'abri ?

Inquiet, il s'élança vers l'endroit où il l'avait laissée. Le feu emplissait l'air de ses rugissements, et il n'aurait servi à rien d'appeler. Rangeant le pistolet dans sa ceinture, il accéléra l'allure.

Maggie leva les yeux en voyant une forme surgir de l'ombre. Elle crut tout d'abord qu'un des terroristes l'avait découverte, et un hurlement monta dans sa gorge. Mais il se transforma en un cri de joie quand elle reconnut celui qu'elle aimait. Se ruant vers lui, elle se pendit à son cou. Shep la souleva dans ses bras et la serra avec tant de force qu'elle en eut le souffle coupé.

— Tu es vivant ! s'écria-t-elle en sanglotant de bonheur.

Shep déposa des baisers enfiévrés sur ses joues, ses cheveux, puis il trouva sa bouche.

— Je t'aime à la folie, Maggie Harper, murmura-t-il en plantant son regard dans les beaux yeux noyés de larmes.

Et il entreprit aussitôt de lui prouver qu'il disait vrai. Leurs bouches se rivèrent l'une à l'autre, affamées et brûlantes. Leurs corps firent de même, et Shep sentit les seins de Maggie se presser contre sa poitrine, ses doigts s'enfoncer dans ses épaules comme pour resserrer encore leur étreinte, conjurant ainsi la mort et la désolation qui les entouraient. Sa bouche avait le goût de la vie même. Oui, Maggie était sa vie, et Shep sut que désormais, il ne pourrait plus se passer d'elle...

10.

Maggie soupira doucement en émergeant du sommeil. Elle n'avait pas envie de bouger : elle se sentait si bien entre les bras de Shep, leurs corps alanguis étroitement serrés l'un contre l'autre... Le soleil filtrait à travers les rideaux de la chambre d'hôtel. Où étaient-ils au juste ? Oh, oui... Les brumes du sommeil se dissipèrent, et les souvenirs affluèrent soudain à sa mémoire.

Peu après que l'hélicoptère se fut écrasé, l'agent Preston était arrivé sur les lieux. Maggie était profondément ébranlée par la tournure inattendue qu'avaient prise les événements. Jamais elle n'aurait imaginé que les terroristes pourraient recourir à une attaque aérienne — ni que Shep serait obligé de les abattre. La vie était une chose tellement précieuse...

Elle promena lentement ses doigts le long du bras de Shep, dont la main lui enserrait la taille en un geste protecteur. Elle se sentait tellement en sécurité, à présent ! La nuit dernière, après que des médecins les eurent examinés et eurent pansé les coupures provoquées par les éclats de verre, Shep avait exigé que Maggie fût conduite dans l'un des meilleurs hôtels de

Charleston, afin de pouvoir s'y laver et se reposer. Ils tombaient tous deux de fatigue, et, pour une fois, Maggie lui avait été profondément reconnaissante de prendre les choses en main avec autant d'autorité.

Un nouveau soupir s'échappa de ses lèvres. Tournant son regard vers le réveil posé sur la table de nuit, elle constata qu'il était déjà 6 heures du soir. Elle avait dormi toute la journée... Dès son arrivée à l'hôtel, elle avait pris un long bain chaud, tandis que Shep commandait un repas — le petit déjeuner, en l'occurrence, car c'était déjà le matin. Puis, quand il se fut douché à son tour, ils avaient mangé en tête à tête dans leur suite. Jamais nourriture ne lui avait paru aussi délicieuse qu'après cette nuit de cauchemar...

Savourant cet instant, Maggie se réjouit une fois de plus d'être en vie. Elle sentait la poitrine de Shep se soulever à intervalles réguliers, sa tête blottie contre la sienne sur l'oreiller douillet. Le simple fait de l'entendre respirer l'emplissait d'une joie sans pareille. Depuis la nuit dernière, elle savait combien il comptait pour elle...

Se tournant face à lui, elle contempla son visage aux joues bleues de barbe. Il ne s'était pas rasé, et cela lui conférait un aspect farouche, vaguement menaçant... Il était entièrement nu, tout comme elle, et elle avait énormément apprécié l'idée de dormir ainsi dévêtus dans les bras l'un de l'autre. D'un commun accord, ils avaient décidé qu'ils étaient trop épuisés pour faire autre chose. Ils avaient avant tout besoin de dormir. Le sommeil leur permettrait peut-être de recouvrer la paix, d'échapper enfin à toute cette violence qui les avait entourés depuis le début de leur mission...

Doucement, Maggie passa ses doigts dans les cheveux de Shep, lissant les mèches rebelles sur le front haut et large. Endormi, Shep paraissait nettement moins redoutable, songea-t-elle avec un sourire attendri. Comme il était beau, avec ses pommettes tannées par le soleil ! La toison qui tapissait le torse musclé chatouilla délicieusement les seins de Maggie quand elle se pressa contre lui. Prise d'un désir irrépressible, elle commença à lui masser doucement la nuque et les épaules, s'émerveillant de palper les muscles puissants sous la peau étonnamment douce... Elle sentit une onde de chaleur brûlante monter de son ventre et déferler dans tout son corps. Se dressant sur un coude, elle se pencha sur Shep et posa ses lèvres sur sa joue râpeuse. Sa peau gardait l'odeur du savon à la lavande qu'il avait utilisé hier soir, mais il en émanait aussi des effluves terriblement virils, que Maggie huma avec délectation, frémissante.

Décidant de le réveiller par des baisers, elle fit descendre sa bouche jusqu'à celle de Shep, légèrement entrouverte — et le sentit réagir instantanément, se tendre comme pour faire face à un danger imminent. Plongeant ses yeux dans les yeux bleu glacier, elle vit s'y allumer une lueur prédatrice.

— Du calme..., dit-elle en souriant. Tout va bien. Nous sommes en sécurité, poursuivit-elle en lui caressant l'épaule. Simplement, comme j'étais réveillée, j'ai eu envie de te réveiller aussi...

Shep leva les yeux vers elle. Avec ses cheveux roux en désordre, ses joues légèrement empourprées et ses yeux étincelants, elle lui fit penser à une reine barbare, à une amazone... Il ne pouvait se méprendre sur ce qu'il lisait dans ce regard mordoré : elle le désirait, et son corps de mâle réagissait déjà sous ses caresses...

— Tout va bien, alors, murmura-t-il d'une voix rauque en l'attirant contre lui, mais tu es loin d'être en sécurité, petiote...

Un rire de bonheur fusa des lèvres de Maggie tandis qu'il lui étreignait la taille en un geste possessif. Puis elle sentit ses doigts remonter le long de son buste, se refermer sur l'un de ses seins, et elle ferma les yeux, soupirant de plaisir.

Shep s'appuya sur un coude et la contempla longuement. Comme elle était belle ! Et elle était là, près de lui... Elle était à lui ! Cette idée l'emplissait d'un bonheur inégalé. Se penchant vers elle, il passa lentement sa langue sur la pointe d'un sein, qui se durcit aussitôt. Il sentit Maggie frémir contre lui, et son désir se fit plus impérieux encore. Il voulait lui faire l'amour, il le voulait plus que tout au monde. Elle était sa vie, et la nuit dernière lui en avait donné la preuve... Tout en continuant à embrasser et à lécher ses seins, il se rappela comment il avait couru vers elle, après que l'hélicoptère eut dégringolé du ciel comme un oiseau blessé, pour voir si elle n'avait rien... Quand il l'avait retrouvée, il avait ressenti le besoin de la serrer contre lui, pour s'assurer qu'elle était bien vivante. Et à présent, en l'entendant gémir de plaisir, en sentant son corps s'arquer contre le sien, il savourait pleinement le bonheur d'exister.

Les doigts de Maggie glissèrent le long de son cou dans une caresse langoureuse, puis s'enfoncèrent dans les muscles contractés de ses épaules. Il percevait les battements affolés de son cœur tout contre sa poitrine. Quand elle noua ses jambes aux siennes pour l'attirer contre elle, il s'appuya sur les coudes et, rouvrant les yeux, se noya dans les iris noisette.

— Tu es si courageuse, murmura-t-il avant de s'emparer goulûment de sa bouche.

Maggie sourit sous ce tendre assaut. Elle sentit les hanches de Shep se river aux siennes, son sexe palpiter contre son ventre... Sans hésitation, elle plaqua les mains sur les fesses de son compagnon, le guidant, s'arc-boutant pour l'accueillir profondément en elle... Au moment où il la posséda, Shep ne put contenir un gémissement, et tout son corps trembla de plaisir. Les jambes de Maggie lui enserrèrent la taille, et il se sentit comme aspiré vers la lumière ardente de la vie elle-même. Froissant les draps entre ses doigts crispés, il s'enfonça encore. Le corps de Maggie était brûlant sous le sien et l'emportait dans un tourbillon ardent; ils se mirent à galoper l'un face à l'autre, l'un à la rencontre de l'autre. Une immense joie envahit Shep, et il perdit toute notion du monde extérieur. Il n'y avait plus que Maggie — son odeur, sa chair douce et ferme, ses doigts qui lui griffaient le dos...

De chasseur, il était devenu proie, et il perdit tout contrôle de lui-même quand Maggie lui lécha doucement la lèvre inférieure, et qu'elle s'offrit plus follement encore à lui... Il retrouvait la Maggie ardente, sauvage, presque animale, qu'il avait connue autrefois. Et, juste avant d'être anéanti par l'explosion d'un plaisir fulgurant, il comprit qu'il l'aimait avec une force que les années n'avaient pu diminuer. Elle était sa femme, et il voulait la garder pour toujours à son côté. Maggie fut traversée simultanément par la même onde de plaisir, et son cri de bonheur se mêla à celui de Shep. Le serrant avec force contre elle, elle enfouit son visage dans son épaule robuste toute moite de sueur. Les battements précipités de leurs cœurs, leurs souffles rauques, tout se confondit, et ils ne firent plus qu'un, mêlés l'un à l'autre, partageant la même félicité suprême...

Pendant un long moment, ils demeurèrent ainsi, dans les bras l'un de l'autre. Maggie ne voulait pas bouger, pour mieux savourer le bien-être qu'elle éprouvait auprès de Shep. Le temps semblait s'être arrêté. Quand elle ouvrit enfin les yeux, elle s'aperçut que le soleil était bas sur l'horizon et que la pièce était plongée dans la pénombre. Mais elle se sentait emplie d'une lumière radieuse comme celle d'un arc-en-ciel, et son cœur chantait de joie. Elle n'avait jamais été aussi comblée, se dit-elle en sentant la main de Shep effleurer son front. Levant les yeux vers lui, elle chuchota :

— Je t'aime, le savais-tu ?

Shep lui sourit et, déposant un baiser sur sa tempe, murmura :

— Je ne l'aurais jamais deviné, après l'agression que tu m'as fait subir. Arraches-tu toujours ainsi les hommes à leur sommeil pour obtenir ce que tu attends d'eux ?

Maggie eut un petit rire, qui se transforma en un soupir voluptueux quand la main de Shep glissa le long de son cou pour se refermer sur son sein. Tendant le bras pour caresser sa joue râpeuse, elle répondit :

— Avec toi, c'est la seule tactique possible. Il faut t'attaquer de front, c'est la seule chose que tu comprennes.

Ce fut au tour de Shep d'éclater de rire. Puis il la regarda, et son expression se fit plus grave.

— Je me demande comment diable j'ai pu te quitter, petiote.

— C'était stupide, n'est-ce pas ? De ma part comme de la tienne.

— Oui, reconnut-il à voix basse.

Faisant descendre sa main jusqu'à la hanche de Maggie, il la plaqua contre lui. Ils demeurèrent ainsi, immobiles, leurs deux corps intimement imbriqués, comme s'ils avaient été faits l'un pour l'autre de toute éternité...

— Ce que je partage avec toi en ce moment, déclara-t-il, je ne l'ai jamais connu auprès d'une autre femme. Non, jamais, répéta-t-il avec conviction.

« Et moi, je ne me suis jamais sentie aussi femme qu'avec toi », songea Maggie. Shep était si viril, et si tendre en même temps...

— Je ne sais pas qui de nous deux a été le plus insensé, Shep, moi ou toi. Ce qu'il y a entre nous est tellement bon, tellement fort... Je n'ai jamais connu cela avec quelqu'un d'autre, moi non plus.

Par réflexe, il remua les hanches, et vit Maggie fermer les yeux de plaisir, tandis que sa bouche s'entrouvrait.

— C'est si facile de t'aimer, murmura-t-il. Je me sens tellement bien, tellement fort avec toi, Maggie... Tu m'as toujours fait cet effet.

Elle laissa échapper un soupir frémissant. C'était difficile de parler alors qu'il bougeait en elle de façon si provocante... Il avait conscience de son pouvoir sur elle, et elle subissait cette emprise avec délectation.

— Alors, qu'allons-nous faire, Hunter ? Continuer à parler au passé, ou essayer de conjuguer notre vie au présent... et au futur ?

Non sans réticence, Shep s'écarta d'elle. Il n'en avait

pas la moindre envie, mais ils devaient absolument mettre les choses au point. Il voulait que Maggie soit tout à lui quand il lui ferait l'amour, qu'elle lui accorde toute son attention, et il savait que, pour le moment, elle avait l'esprit accaparé par d'autres sujets.

Il s'assit sur le matelas, drapant le drap autour de sa taille.

— Viens ici, petiote, dit-il d'une voix bourrue en s'adossant contre la tête de lit en cuivre.

Obéissante, elle s'appuya contre lui, nichant sa tête au creux de l'épaule musclée, et passant un bras langoureux autour des hanches athlétiques. Puis, remontant le drap sur elle, elle ferma les yeux, pour savourer le contact du corps de son bien-aimé.

— Voilà, n'est-ce pas mieux comme ça? chuchotat-il à son oreille, en lui caressant l'épaule.

— C'est toujours mieux, près de toi, répondit Maggie d'une voix satisfaite.

— Ainsi, tu veux un présent et un futur avec moi? Mais peut-être ai-je mal entendu...

Rouvrant les yeux, elle le dévisagea. Toute froideur avait disparu des yeux bleu glacier, et elle y vit la chaleur qu'il cachait si soigneusement au reste du monde. Passant des doigts joueurs dans les poils de ses pectoraux, elle répondit :

— Tu as très bien entendu, chéri.

— Je crois que nous sommes assez mûrs aujourd'hui pour surmonter nos différences, Maggie, reprit Shep d'une voix calme. Je comprends maintenant combien je me suis mal comporté envers toi, autrefois. Je ne te traitais pas avec respect. J'étais convaincu que ma façon de voir les choses était la meilleure.

— Et elle ne l'est pas. Enfin, pas toujours.

— Non, reconnut-il en lui effleurant la joue.

Plissant les yeux, il parcourut du regard la pièce à présent plongée dans l'ombre, remplie d'objets et de meubles anciens, certains datant d'avant la guerre de Sécession...

— La nuit dernière, j'ai eu peur de te perdre. Nous avons survécu parce que nous formons une équipe soudée, travaillant en parfaite harmonie.

— Oui, approuva Maggie. Tu m'as écoutée, et j'ai agi de même. Nous nous sommes mutuellement donné des forces, Shep. Et je rends grâce au ciel que tu aies tenu compte de mon opinion ! Autrefois, tu ne l'aurais jamais acceptée.

— Je sais, avoua-t-il piteusement. Bon sang, Maggie, si tu savais à quel point cela me rend malheureux ! Quand je regarde en arrière, et que je prends conscience que mon arrogance nous a tenus éloignés l'un de l'autre pendant toutes ces années... Quand je songe à tout ce temps perdu, je me sens terriblement coupable.

Posant une main sur la joue de Maggie, il la fixa intensément.

— On peut dire que j'ai vraiment tout fichu en l'air. Et je le regrette profondément. Je ne suis pas très doué pour exprimer mes sentiments, petiote, mais je veux te demander de me donner une seconde chance. Cette fois, ce sera différent. Tu es mon égale ; nous n'aurons pas besoin de nous quereller comme nous le faisions autrefois. Je crois que ces vingt-quatre heures d'enfer que nous venons de vivre ont suffisamment prouvé que chacun de nous est capable d'écouter l'autre et de l'épauler.

Maggie hocha la tête et entrelaça ses doigts à ceux de

Shep. Tout en y déposant de petits baisers, elle murmura :

— Alors, quand nous marions-nous, Shep ?

Il reconnaissait bien là sa Maggie : directe et intrépide. Ses lèvres douces faisaient naître sur sa peau des picotements de plaisir. Connaissait-elle le pouvoir rédempteur de ses caresses ? Il avait l'impression que les baisers de Maggie pouvaient cicatriser toutes les blessures, y compris celles de l'âme...

— Ai-je le temps de prévenir ma famille ? Accepterais-tu que la cérémonie ait lieu à Denver, chez mes parents ? D'ici à, disons... une semaine ou deux ? Cela laisserait une chance à mes frères d'assister à notre mariage.

Maggie leva vers lui des yeux brillant de larmes.

— Hunter, j'ai attendu si longtemps... Ce ne sont pas deux semaines de plus qui vont me décourager. Et puis, j'ai besoin moi aussi de contacter ma famille, pour lui annoncer la bonne nouvelle...

— C'est vrai, ma chérie, approuva-t-il en souriant. Nous ne sommes plus à deux semaines près.

Brusquement, on frappa à la porte, et ils sursautèrent. Shep se glissa aussitôt dans la peau du professionnel qu'il était, et s'empara de son pistolet posé sur la table de nuit. Tout en ôtant le cran de sûreté, il intima du geste à Maggie l'ordre de ne pas bouger. Elle fixa sur la porte des yeux agrandis de frayeur. Quelle nouvelle menace était-elle tapie derrière le battant ? D'un air résolu, Shep s'avança, l'arme au poing.

— Oui ? dit-il.

— Hunter ? C'est Preston. Il faut que je vous parle. Collant son œil au judas, Shep s'assura de l'identité de leur visiteur.

— C'est bon, dit-il à Maggie d'un ton rassurant. Il s'agit bien de Preston. Va passer un peignoir, d'accord ?

Maggie bondit hors du lit et ramassa un peignoir de bain, avant d'en tendre un autre à Shep.

— Une minute, s'il vous plaît, demanda Shep à travers la porte.

Maggie noua la ceinture du peignoir en éponge moelleuse, refit le lit en toute hâte, puis alla ouvrir les rideaux. La lumière du soleil couchant inonda la pièce. En se retournant, elle vit que Shep avait rangé son pistolet et que, drapé dans son peignoir, il se dirigeait vers le salon attenant à la chambre.

Preston leur adressa un signe de tête en franchissant la porte.

— Vous paraissez tous deux en bien meilleure forme, déclara-t-il.

Maggie le salua et alla s'asseoir sur le canapé auprès de Shep. Elle lui passa un bras autour des épaules puis replia ses jambes sous elle.

— Le sommeil fait des miracles, acquiesça-t-elle en souriant à l'agent.

Celui-ci portait un costume bleu nuit, une chemise blanche et une cravate rouge. Il avait encore des cernes sous les yeux, et ses traits étaient tendus. Sans doute n'avait-il pas pris de repos depuis la nuit dernière...

— Alors, qu'est-ce qui vous amène ? s'enquit Shep, en posant une main sur la cuisse de Maggie.

— Je suis venu vous faire part d'une bonne nouvelle, répondit Preston, en arrondissant quelque peu les yeux devant ce geste qui trahissait une intimité qu'il était loin de soupçonner.

— Une de plus, dit Maggie, qui échangea un regard de connivence avec Shep.

— Est-ce à propos d'Aube Noire ? demanda celui-ci.

— Oui, répondit Preston en se redressant, l'air visiblement satisfait. Vous allez sans doute être heureux d'apprendre que nous avons capturé un quart des effectifs d'Aube Noire. Nous ignorions qu'il y avait ici, à Charleston, six autres membres du groupe qui attendaient Tennyson et ses complices. L'équipage de l'hélicoptère que vous avez abattu se montait à quatre personnes ; elles ont toutes péri dans l'explosion.

Levant les mains en l'air, Preston poursuivit :

— Au total, ce sont donc dix membres d'Aube Noire que nous avons fait prisonniers. Et Tennyson est passé aux aveux, reprit-il avec un large sourire. Il nous a donné les noms des plus hauts dirigeants d'Aube Noire, en échange de l'immunité. Les noms et les adresses de tous les autres terroristes, dans les différents pays où ils se cachent.

— Formidable ! s'exclama Maggie.

Souriant à Shep, elle ajouta :

— Nous formons une bonne équipe, n'est-ce pas ? Shep lui rendit son sourire. La lueur de triomphe dans les yeux de Maggie raviva brusquement son désir. Il brûlait d'envie de goûter de nouveau cette bouche souriante, d'étreindre ce corps vibrant...

— Oui, répondit-il. Une sacrément bonne équipe.

— Nous n'aurions pas obtenu ce résultat sans votre aide, reconnut Preston. Maggie, je suis désolé que vous ayez été enlevée. Mais ce n'était la faute de personne.

— Comment Tennyson avait-il obtenu le mot de passe ? Il m'a dit qu'il y avait une taupe au FBI...

— C'est exact. Il nous a livré le nom de la taupe en question. L'homme est en état d'arrestation.

— Je n'aurais jamais ouvert la porte sans le mot de passe, affirma Maggie.

Shep lui tapota doucement la jambe.

— Nous te croyons, petiote. Tu as respecté la procédure.

— Eh bien, soupira Preston. Je suis sincèrement navré, Maggie. J'étais loin de me douter qu'Aube Noire nous avait infiltrés. Cela explique pourquoi tous nos efforts pour démanteler l'organisation étaient restés infructueux, ces deux dernières années. Leur agent les prévenait avant chacune de nos interventions.

— Quand mon frère Dev a découvert ce labo sur l'île de Kauai, toute l'affaire a éclaté au grand jour, et Aube Noire s'est vu contrainte de passer à l'action, dit Shep.

— Cela ne fait aucun doute, approuva Preston. Sans Morgan Trayhern et Persée, nous n'aurions jamais résolu cette affaire. Ce qui démontre bien que des organisations telles que Persée ont leur place au sein du gouvernement. Je suis heureux que Morgan soit de notre côté. Il sait s'entourer de gens prodigieux.

Maggie effleura du bout des doigts le cou de Shep.

— Oui, renchérit-elle, il est entouré de gens prodigieux qui lui sont totalement dévoués.

Preston s'éclaircit la gorge, puis se leva, tout en rajustant son nœud de cravate.

— Bien, je dois retourner dans notre bureau de Charleston. Encore tous nos remerciements, dit-il en leur serrant la main. Je ne manquerai pas de téléphoner à Morgan. Docteur Harper, votre héroïsme ne sera peut-être jamais rendu public, mais, pour ma part, je vous considère comme l'une des femmes les plus courageuses que j'aie jamais rencontrées.

— Merci, agent Preston, dit Maggie, rougissant sous ces louanges.

— Le public n'en saura peut-être rien, mais moi, je suis au courant, grommela Shep, et c'est suffisant.

— Je me retire, reprit Preston. Inutile de me raccompagner. Passez une bonne nuit et reposez-vous bien.

— Ne voulez-vous pas rester un instant de plus, et prendre le café avec nous ? demanda Maggie. Je viens d'en commander au service d'étage.

— J'en serais enchanté, répondit Preston avec un sourire las, mais on m'attend au bureau. Et puis, vous avez bien mérité de passer une soirée tranquille, en tête à tête.

Quand la porte se fut refermée sur l'agent du FBI, Maggie se tourna vers Shep.

— Qui l'aurait cru ? Tout est bien qui finit bien...

Shep lui caressa le mollet, puis emprisonna dans sa main son pied délicat.

— Ce n'est qu'une victoire partielle, rectifia-t-il. Les groupes terroristes continueront d'exister. Dans le cas présent, l'organisation semble avoir été décapitée. Aube Noire a peut-être été anéantie, mais d'autres factions risquent de prendre la relève.

— Hmm, murmura Maggie. Pas de répit pour les braves, hein ?

Haussant les épaules, il l'enlaça par la taille.

— Pour le moment, tout mon univers, toute mon existence sont centrés sur une dame aux cheveux roux. Aube Noire est neutralisée. Nous avons fait du bon travail. Le monde est hors de danger, du moins pour quelque temps.

Plongeant son regard dans celui de Maggie, il murmura :

— Je t'aime, Maggie Harper. Et je continuerai à t'aimer aussi passionnément jusqu'à notre dernier souffle.

Prenant le visage de Shep entre ses mains, Maggie lui sourit, au bord des larmes. Shep était peu enclin aux grands discours, et elle savait ce qu'avait dû lui coûter un tel aveu.

— Tu es unique en ton genre, mon chéri. C'est pour cela que je t'aime.

— Même si nous nous battons comme chat et chien ?

— Oh, je pense que cela nous arrivera encore de temps à autre, dit Maggie avec un petit rire.

Elle vit les yeux bleu glacier prendre cette nuance plus foncée qui trahissait son désir pour elle, et se sentit parcourue d'un frisson de plaisir anticipé.

— Mais nous saurons apprendre à trouver des compromis, des terrains d'entente, des accords parfaits, ajouta-t-elle.

— Dans ce cas, murmura Shep dans un souffle, peux-tu me donner dès maintenant ma première leçon de coexistence pacifique ?

Et il l'embrassa passionnément...

Le nouveau visage de la collection Or

◆

AMOURS D'AUJOURD'HUI

Afin de mieux exprimer sa modernité et de vous séduire encore davantage, votre collection Or a changé de couverture et de nom depuis le 1er mars 1995.

Rassurez-vous, les romans, eux, ne changent pas, et vous pourrez retrouver dans la collection **Amours d'Aujourd'hui** tous vos auteurs préférés.

Comme chaque mois, en effet, vous y attendent des héros d'aujourd'hui, aux prises avec des passions fortes et des situations difficiles...

COLLECTION AMOURS D'AUJOURD'HUI :
Quand l'amour guérit des blessures de la vie...

Chère lectrice,

Vous nous êtes fidèle depuis longtemps?
Vous venez de faire notre connaissance?

C'est pour votre plaisir que nous avons
imaginé un rendez-vous chaque mois
avec vos auteurs préférés, vos
AUTEURS VEDETTE dans les
collections Azur et Horizon.

Les AUTEURS VEDETTE vous
donneront rendez-vous pour de
nouveaux livres vedette.

Pour les reconnaître, cherchez
l'étoile ... Elle vous guidera!

Éditions Harlequin

HARLEQUIN

LE FORUM DES LECTEURS ET LECTRICES

CHERS(ES) LECTEURS ET LECTRICES,

VOUS NOUS ETES FIDÈLES DEPUIS LONGTEMPS?

VOUS VENEZ DE FAIRE NOTRE CONNAISSANCE?

SI VOUS AVEZ DES COMMENTAIRES, DES CRITIQUES À
FORMULER, DES SUGGESTIONS À OFFRIR, N'HÉSITEZ
PAS… ÉCRIVEZ-NOUS À:
        LES ENTERPRISES HARLEQUIN LTÉE.
        498 RUE ODILE
        FABREVILLE, LAVAL, QUÉBEC.
        H7R 5X1

C'EST AVEC VOS PRÉCIEUX COMMENTAIRES QUE NOUS
ALLONS POUVOIR MIEUX VOUS SERVIR.

DE PLUS, SI VOUS DÉSIREZ RECEVOIR UNE OU
PLUSIEURS DE VOS SÉRIES HARLEQUIN PRÉFÉRÉE(S)
À VOTRE DOMICILE, NE TARDEZ PAS À CONTACTER LE
SERVICE D'ABONNEMENT; EN APPELANT AU
(514) 875-4444 (RÉGION DE MONTRÉAL) OU 1-800-667-4444
(EXTÉRIEUR DE MONTRÉAL) OU TÉLÉCOPIEUR
(514) 523-4444 OU COURRIER ELECTRONIQUE:
AQCOURRIER@ABONNEMENT.QC.CA OU EN ÉCRIVANT À:
        ABONNEMENT QUÉBEC
        525 RUE LOUIS-PASTEUR
        BOUCHERVILLE, QUÉBEC
        J4B 8E7

MERCI, À L'AVANCE, DE VOTRE COOPÉRATION.

BONNE LECTURE.

HARLEQUIN.

VOTRE PASSEPORT POUR LE MONDE DE L'AMOUR.

COLLECTION HORIZON

Des histoires d'amour romantiques qui vous mènent au bout du monde!

Découvrez la passion et les vives émotions qu'apportent à la Collection Horizon des auteurs de renommée internationale!

Captivantes, voire irrésistibles, ces histoires d'amour vous iront assurément droit au coeur.

Surveillez nos quatre nouveaux titres chaque mois!

La COLLECTION AZUR

Offre une lecture rapide et

- ✓ stimulante
- ✓ poignante
- ✓ exotique
- ✓ contemporaine
- ✓ romantique
- ✓ passionnée
- ✓ sensationnelle!

COLLECTION AZUR ... des histoires
d'amour traditionnelles qui vous
mènent au bout du monde!
Six nouveaux titres chaque mois.

GEN-AZ

Composé sur le serveur d'Euronumérique, à Montrouge
PAR LES ÉDITIONS HARLEQUIN
Achevé d'imprimer en octobre 2000
sur les presses de l'Imprimerie Bussière
à Saint-Amand-Montrond (Cher)
Dépôt légal : novembre 2000
N° d'imprimeur : 2038 — N° d'éditeur : 8493

Imprimé en France